Début d'une série de documents
en couleur

8° Y2.
56826

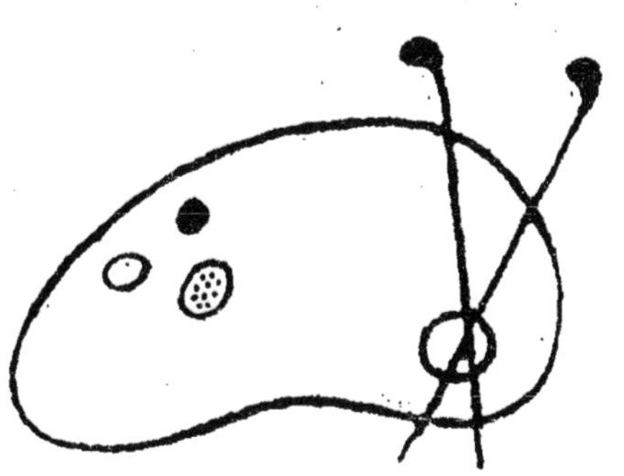

Fin d'une série de documents
en couleur

LE NOUVEAU FAUBLAS

OUVRAGES DE JULES BOIS

L'Eve Nouvelle. (Essai de synthèse féministe).

Le Satanisme et la Magie. (Etude historique), avec une introduction de J.-K. HUYSMANS.

Les Petites Religions de Paris.

L'Au-delà et les Forces inconnues. (Opinions de l'élite sur le Mystère).

Le Monde Invisible, avec une lettre préface de SULLY-PRUDHOMME.

Visions de l'Inde.

ROMANS

L'Eternelle Poupée.

La Douleur d'Aimer.

Une nouvelle Douleur, avec une préface de MARCEL PRÉVOST.

La Femme Inquiète.

Le Mystère et la Volupté,

THÉATRE

Les Noces de Sathan. (Un acte en vers).

Hyppolyte couronné, (Drame en qnatre actes en vers, avec une préface d'EMILE FAGUET.

A paraître incessamment :

Les Cryptes de l'âme.

Le Vaisseau des Caresses. (Roman).

JULES BOIS

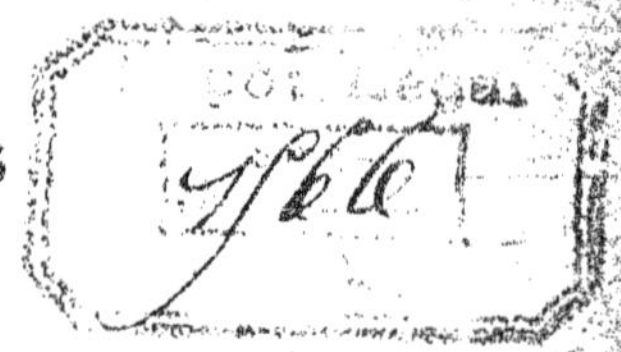

LE NOUVEAU FAUBLAS

« Volupté, fantôme élastique. »

BAUDELAIRE

PARIS
LA LIBRAIRIE MONDIALE
10, RUE DE L'UNIVERSITÉ, 10

LE NOUVEAU FAUBLAS

I

Premières joies, premières douleurs

Avant de m'initier aux délices emportées et moroses de la véritable première passion dans ma petite ville de province silencieuse presque pas vivante, il m'arriva souvent, l'oreille distraite, d'écouter les prophéties d'un vieil homme que je me plaisais à accompagner le matin sous les grands arbres du cours :

« Mon ami, me disait-il, une femme apparaîtra bientôt entr'ouvrant au hardi navire de votre jeunesse le port perfide de ses bras ; vous irez vers elle, attiré magnétiquement par le double phare de ses yeux. Jusqu'ici vous avez vécu sur de molles ondes ; auprès d'elle vous mettrez pied à terre, vous descendrez dans les tavernes, vous vous attablerez avec vos frères les marins d'amour, vous boirez des ivresses frelatées et âpres ; alors vos yeux s'ouvriront, et non pas aux réalités magnifiques mais aux mensonges de cette vie. Vous serez la victime vulgaire de l'Eternelle Illusion. Et vous ressemblerez aux ivrognes qui le long des quais titubent et s'effondrent, prenant les rayons de la lune pour les piliers d'un temple surnaturel où leur pieuse fatigue s'appuierait... Enfin au matin le réveil, le dégoût du port vénal et de son cœur qui est un bouge. Vous repartirez sur les molles ondes dans l'esquif de votre jeunesse, plus mélancolique, vers d'autres ports où vous débarquerez, de nouveau requis par les phares menteurs, chaque fois avec moins d'espérances, mais obéissant à de secrètes fatalités. »

Et, maintenant que je note au hasard de ma mémoire ces rapides confessions, il me semble que le vieillard si peu écouté sous les grands arbres du cours prononça d'infaillibles paroles. Il disait encore que, de la première passion, persiste aux lèvres une sorte de relent amer qui plus tard gâte les autres liqueurs de baisers.

La première maîtresse est ineffaçable de la chair même ; il en reste une sorte de contact dont les années ne lavent pas. En effet je ne sais comment, je ne sais pourquoi, aujourd'hui, à ma table de travail, sous ma lampe agonisante, son parfum, son parfum à elle s'exhale de mon pupitre, de mes vêtements, du papier où j'écris...

Je crois rajeunir ; mon sang remue et chante ; mes lèvres se défanent de retrouver tout à coup mon sourire de quand j'étais près d'elle.

Je la revois, madame Héligale, l'aimée d'autrefois, je la revois très fragile, jouet précieux, avec ses cheveux trop poudrés et son effacement de pastel.

Je parcours sa nudité délicate et imparfaite : poitrine garçonnière, seins d'avant la puberté, hanches qui s'éclipsent, jambes nerveuses et pâles et fraîche rondeur de bras blanc.

Son parfum envahit mon cerveau, — le new-mownhay (cette odeur « du foin coupé », des moissons faites) — son parfum préféré, devenu banal, qui m'enveloppait d'un dolent frisson.

Je le relis, notre poème frénétique, intense et court : quelques pages où mon âme crie.

Nous nous étions compris un soir d'été. A côté de moi, elle pleurait d'une indéfinissable blessure. Je me retournai, je vis ses larmes. Oh ! ces larmes... je pressai sa main tremblante et mes yeux lui dirent mon appui.

Un peu partout... dans les coins déserts... nous promenâmes notre amour ; en fiacre, sans savoir où l'on fuit, dans les musées, dans les squares abandonnés, près du sanglotement misérable d'un jet d'eau, en la banlieue de suie et de sueur, dans les églises, sous les tonnelles des buvettes de quartier inconnu.

Et j'étais trop niais de jeunesse pour oser d'une poussée la faire mienne.

Une nuit pourtant, nos lèvres mêlées, je bégayai: « Sois à moi. » Des sanglots la secouèrent toute; à voix basse et désenchantée, elle chuchota :

« Je suis sans plaisir aux bras des hommes. »

Si frêle et trop souvent malade. Presque pas de sang. Parfois elle passait des journées entières immobile et creusée de fièvre ; elle se relevait maigrie, avec on ne savait quoi d'affolé.

Pourtant je l'eus enfin, par une après-midi tiède... les rayons jonchaient la chambre, malgré les stores, d'une nappe de rêve.

Un roman d'amour simple s'effeuillait sous ses doigts presque inertes, elle était grise un peu ; goulûment je mangeais la douceur de sa nuque : « J'ai bien envie de toi... », soupira-t-elle. Et le livre tomba de ses genoux.

Alors il me sembla qu'un voile se déchirait dans mon existence, que j'allais entrer dans ce moment redoutable, où s'exalte pour sombrer vite, à jamais peut-être, le bonheur.

De longues, d'absurdes et inarrêtables larmes me noyèrent le regard... nous confondîmes nos lèvres et — je le crus alors — nos âmes dans la nappe de rêve de l'après-midi tombante, parmi le poivre du « foin-coupé », sous sa matinée blanche qu'elle ne défit même pas.

Bientôt, elle fut droite, sans un tressaillement de volupté, avec une honte brisée, alourdissant d'un tel brouillard ses prunelles qu'on eût pu les croire aveugles.

Et je me rappelai avec une tristesse infinie les paroles chuchotées au commencement de notre passion :

« Je suis sans plaisir aux bras des hommes. »

Le brandon de la déception s'éparpilla en flammèches de désirs ; je voulus la reconquérir sans cesse, pour arracher à ces nerfs frivoles le râle divin.

Madame Héligale échappait, ne consentait que pour fuir mieux. Une fois elle feignit la volupté, mais je devinai dans ce mensonge inventé par sa pitié une complaisance comparable à celle des pauvres filles payées.

Et malgré tout, effrénément, elle s'élançait au plaisir, vers l'inattingible au delà du plaisir.

Elle allait à tous les hommes, plantant son regard de défi dans la flamme de leurs yeux. Elle se délectait aux poses qui provoquent : le soir, mi-vêtue, ne se défendant pas contre à un baiser brutal ; et au réveil, parmi les heures allongées et paresseuses elle attisait les caresses, indifférente toujours, avec, immuablement, son regard de défi.

J'en souffris horriblement, moi qui l'aimais de sorte unique et désespérée, ainsi qu'on aime à l'aurore des jours. Une immense colère me séchait parfois la gorge ; sa taille à la courbure avide, je l'aurais brisée comme un ajonc.

A un crépuscule, j'éclatai ; les yeux désespérés des premières étoiles n'avaient pas la force de s'ouvrir. Je lui reprochai ses impudeurs inutiles, je lui jetai au visage mes tourments obscurs, l'insuccès — à cause d'elle — de tous mes autres efforts, mes insomnies de bile et de fiel, quand, pour chasser son souvenir et ma misère, j'allumais ma lampe et travaillais stérilement, la tête cerclée de migraines, jusqu'au rosissement du ciel.

« A toi je sacrifierais tout ; toi, tu m'immoles à ton plus sot caprice. »

Et les injures incohérentes, les insultes,

toute la folie qui gicle des colères viriles. Des mots violents qui soulagent sur l'instant et qu'on regrette ensuite, dont on a honte, comme d'avoir frappé un enfant.

Elle chancela dans le noir, l'inconsciente, et s'effondra sur un banc de pierre, qu'un noyer énorme inondait de ses branches confuses ; se soutenant des poignets, elle hurla dans la nuit commençante, comme une bête assassinée. Les yeux de désespoir des étoiles s'ouvraient maintenant indifférents... Moi je partis sans tourner la tête, laissant dans l'ombre cette chienne bruyante et convulsée.

Quelques minutes après, comme si rien ne s'était passé, elle revint, la joue fraîche, un sourire de renouveau dans les yeux et le long des lèvres ; mais quelque chose de décidé raidissait sa petite personne têtue...

Et ce fut fini.

Ce fut fini.

Elle ne fut plus l'être de complaisance, sinon de plaisir, dont les bras naturellement se liaient à mon cou, dont la bouche mollement s'ouvrait, dont les cheveux bondissants me couvraient d'écume blonde. Ses yeux, mes astres aux lueurs fausses, étaient pour moi irrémissiblement éteints ; et, lorsque je les fixais longtemps, j'y découvrais tant d'absence qu'il me semblait tout au fond voir fuir le spectre du bonheur futur et passé.

Elle se vengea stupidement sans cesse ni pitié.

Un démon de féroce flamme s'était-il glissé dans ses os ?

Un seul mouvement de son corps la déshabillait entière, la livrait à la fougue des proches désirs ! Le cercle bleuâtre, enfonçant ses yeux égarés, auréolait une inapaisable rancune.

Ah ! sûrement, un démon de féroce flamme la tenait sous sa suggestion inéluctable, car elle allait, embaliée dans sa vengeance, ressuscitant, au milieu des médiocrités de la vie bourgeoise moderne, les antiques orgies de l'impur Iacchos.

Quelquefois on eût dit, — quand détraquée mélancolique, elle étreignait un inconnu avec la fureur de ceux qui se battent, — ces Crétoises des siècles sacrés, nues et sonnant du tambourin pour que sans plus sursoir les mâles robustes de la mer les soulagent de leur virginité.

Je fus lâche, lâche de toutes les forces de ma faiblesse.

Je crus que je ne pouvais plus me passer d'elle ; je me tus, ne critiquant rien. Je supportai ses amants qui ne se gênaient guère pour rire de moi entre eux, je leur serrai la main amicalement. Où n'en serais-je pas venu pour elle ?

Elle cherchait à humilier, à flétrir ce qui me restait encore de noble et de fier. Elle pouffait lorsque je lui parlais du passé ; et, si je voulais boire un peu de son souffle, elle me renvoyait aux filles des rues.

Pendant des mois et des mois, un vide immense et un incurable dégoût de l'action. Puis je me réveillai par un matin d'octobre, tandis que le vent claquait des feuilles sèches contre les vitres de ma chambre ; je me réveillai, moulu à peine, avec une vision fraîche de l'avenir, et je fis un geste avec la main comme pour dire adieu à cette femme vide, sonore seulement du grelot de ma passion.

Hélas ! je devais encore la retrouver sur

mon chemin l'amante que je croyais laisser derrière mes douleurs... Mais n'es-tu pas éternelle, ô toi qui m'as tant fait souffrir, avec la nudité imparfaite de tes chairs pâles, empoivrées de l'odeur du « foin coupé », de l'odeur des moissons faites ? Tu es ma première jeunesse enfuie, ma jeunesse romantique, débridée, d'exaltation vaine, d'inconscience et de tapage. Toi qui, effrénée, restas sans plaisir même aux bras voluptueux, tu rappelles mon angoisse impétueuse et vite dégoûtée qui, elle aussi, ne découvrit tout d'abord, dans les bras de la vie, ni l'idéale extase, ni le réel spasme...

II

L'envoûtement des Yeux

Plus tard je m'étais fixé à Paris, au fond d'une cité paisible, remplie de feuillage et d'ombre, que seules troublaient mélancoliquement des chansons de nourrice. Oui de nourrice. Car dans un jardin empierré où un peuplier amaigri allongeait des branches anémiques, par groupes sortant ou rentrant du porche d'une vieille maison accotée à la mienne, des femmes mal vêtues apaisaient à leur sein les plaintes d'enfants étrangers. Je vivais loin du bruit et des intrigues, au milieu de mes livres, lorsqu'une des plus bizarres aventures vint m'y chercher.

C'était en avril : le soleil tendre baignait mes fenêtres de santé ; des fluides neufs couraient dans mes nerfs fatigués par les veilles. Un matin, dès l'aube, je fus réveillé par un cri rauque suivi d'autres cris plus rauques encore ; je me retournai sur mon oreiller, suppliant le sommeil. En vain. Toute une rumeur haute, choquante, heurtait mes vitres. Je sautai du lit et regardai.

De grands oiseaux noirs, d'une aile large, traversaient le couloir de la cité, paraissaient jaillir d'entre le ciel et les toits voisins, se posaient sur les branches nues du peuplier sous lequel chantaient les nourrices en berçant d'équivoques maillots. Ils lissaient d'un long bec leurs ailes sombres, cassaient les brindilles, se frôlaient en des amours brefs, puis repartaient pour revenir, plus nombreux.

Je renonçai à me rendormir ce jour-là. Agacé par le vol lourd et les clameurs des corbeaux, je m'accoudai au balcon, laissant se lever tout à fait le soleil.

Mon réveille-matin marquait huit heures quand une fille dégingandée passa la grille, le visage nimbé d'un chapeau de printemps trop chargé de fleurs. Elle marchait un peu comme marcheraient ces mannequins des peintres dont les membres en bois se soutiennent mal en leur raideur. Bientôt ma porte retentit de plusieurs coups secs ; et Angelette Nardif se précipita dans mon cabinet de travail, sans dire mot, bousculant les tentures, avec sa robe claire aux bouquets lilas.

Il y avait un an que je ne l'avais vue. Elle avait joué dans une de mes pièces, avec des sursauts de caprice et des trouvailles inconscientes. Je m'en étais écarté, malgré l'attrait qui se dégageait de ce corps maigre, de ce visage capiteux et comme inachevé.

... Elle tomba sur la chaise longue d'un élan, et je m'aperçus qu'elle était en pantoufles.

Elle parla d'une langue saccadée, l'œil en désordre, ses petites mains aiguës griffant sa robe, les mèches fauves de ses cheveux teints s'écarquillant sur ses joues meurtries ; elle raconta sa terreur, l'amant rué sur elle, les poings levés et sa fuite en hâte sans même terminer de se vêtir. A travers ses paroles souvent indistinctes, je le devinai lui, l'ennemi, le mâle, vigoureux, dominateur, alcoolique, se réjouissant de torturer par la menace et par les coups cette amante épicée et chancelante...

— Ce qui est affreux, continuait-elle, c'est que je ne puis pas m'en séparer, je ne puis pas... j'ai essayé maintes fois, j'ai fui... comme aujourd'hui... puis je suis revenue, tête basse, obéissante. Ses yeux sont toujours dans mes yeux, ses yeux me brûlent, me dévorent, — hébètent mon âme. Il me semble que je ne serais libre que si je crevais ses yeux.

Je crus tout d'abord pouvoir déjouer cette occulte fascination, la jettatura amoureuse, qu'aucun verbe ne saurait briser.

A ce moment, les oiseaux noirs crièrent. Elle se souleva et m'offrit un regard si misérable, si éperdu que je fis un effort suprême pour inventer un remède, je ne sais quoi qui tempérât cette tourmentée ; je ne trouvai rien que de lui prendre les mains et de les baiser doucement et de la plaindre : « Ma petite Angelette, ma petite Angelette... »

Sous ces caresses et ces mots enfantins, son visage se ranima, et d'une voix émue : « Vous êtes doux, vous êtes bon ». Puis, d'un saut, elle s'écarta : « Oh ! j'ai peur... j'ai peur... il doit me voir, lui... je sens qu'il est là... je vois ses yeux. »

Et elle partit sous le vol bruyant des corbeaux.

Elle revint plusieurs fois, souvent, plus mécanique, plus affolée, les joues marquées toujours d'une lutte nouvelle avec l'autre qui la martyrisait en l'aimant. Je pris l'habitude de ses visites, elle jetait sur mes papiers, son chapeau, son ombrelle, son petit sac d'où elle arrachait ses fleurs, une brochure de pièce, quelque jouet d'enfant, des lettres qu'elle recevait derrière des portants de coulisse ; puis elle jasait, livrait sa vie agitée et fatale, sur laquelle pesaient les yeux magnétiques.

Peu à peu nous glissâmes à une intimité étrange.

Je m'agenouillais près d'elle afin de la calmer, je baisais ses mains de bébé, et mes lèvres s'appuyaient sur les mèches fauves, musaient sur les pauvres joues maigries et violacées. Cependant les croassements continuaient dans les arbres, croassements d'amour, de gésine aussi. Ces bêtes têtues ébranlaient les branches de leurs becs constructeurs de nids ; et tandis que mes embrassements ne se préoccupaient que d'endormir des douleurs, eux, les corbeaux, suivant le conseil des sèves renaissantes, voulaient perpétuer la race, préparer l'éclosion d'êtres vivants.

Une après-midi Angelette, très lasse, ferma les yeux sous ma bouche qui, attirée vers sa bouche, s'y posa longuement, avec douceur. Alors ce frêle corps se transfigura, les bras se croisèrent sur l'étroite poitrine, la face toute pâle s'idéalisa d'une blancheur de lys qui souriait ; et j'eus, ébloui, l'hallucination d'une toute jeune fille vierge, de la chaste Fiancée des romances, attendant, dans une immobilité ignorante, l'Epoux...

Depuis cet instant exquis, je fus transporté hors de moi-même ; mes livres me dégoûtaient, les plaisirs de Paris laissaient ma sensibilité indolente. J'attendais nerveux la venue d'Angelette, qui troublait mon âme comme l'éternel vol et la clameur stridente des oiseaux voisins avaient détraqué mes nerfs... je n'osais plus la questionner sur ses chagrins quand elle arrivait sous son chapeau bousculé avec son visage livide de fantôme ; — que dis-je ?

j'étouffais ses paroles sous mes baisers, je liais sa taille molle, et de longues heures passaient dans une sorte d'anéantissement voluptueux qui nous épuisait plus que des étreintes.

Un soir, les sombres oiseaux s'étaient endormis dans les peupliers, et on les distinguait à peine, bosses noires sur les branches. Angelette s'était attardée en ces ivresses muettes où le temps s'oubliait.

Tout à coup des bruits légers autour de nous s'élevèrent; on eût dit qu'un souffle courait sur les meubles qui geignaient. La rumeur peu à peu se précisa et un coup net éclata près de nous comme si un objet avait été lancé sur ma table de travail.

Je sursautai et allumai la lampe. Tout s'apaisa; la chambre avait bien le même aspect. J'avais rêvé, sans doute.

Angelette m'appela.

Elle avait ce sublime visage d'extatique auquel je ne résistais pas. Elle tendait ses minces bras de vierge, et je vis bien à son sourire surnaturel que l'événement inévitable se préparait.

Je me coulai auprès d'elle sur la chaise longue ; là, perdant, au contact de cette chair souffrante et avide, la pitié qui me faisait l'épargner, je m'engloutis aux dernières délices, imaginant être l'époux du mystère, enlacer dans un rêve de paradis la mystique et inattingible fiancée.

L'ivresse fut courte... un sifflement parcourut la chambre comme si un insecte extraordinaire et méchant se cognait aux murs. En sursaut, je regardai autour de moi. Mais un vent brusque éteignit la lampe. Les ténèbres pesaient, lugubres. Tout près d'elle, je pressentais ses paupières qui s'étaient ouvertes démesurées :

— Là, là, je te dis qu'il est là... au-dessus de ton fauteuil... ses yeux me fixent... sa main gauche fermée fait un signe contre moi.

Et, dans un grandissant délire :

— Il dit que les corbeaux sont venus pour moi, qu'il m'a maudite... que je ne pourrai lui échapper, que j'ai beau être loin de lui... qu'il ne me lâchera pas... qu'il me tient avec ses yeux... ! »

Je ne tentai pas de la garder. Une force irrésistible poussait ce grêle corps de femme. Elle se leva automatique, ouvrit la fenêtre, écarta les volets ; et, à la lueur bleue des étoiles, je la vis mettre son chapeau, prendre ses gants, replacer dans son sac les menus objets qui s'étalaient sur ma table ; enfin, sans même me dire adieu, elle s'en fut.

. . . .

Le lendemain, mes voisins, que gênaient les allées et venues des corbeaux, commencèrent contre eux les hostilités. Chaque matin, on tirait des coups de carabine, et les oiseaux s'envolaient d'une aile lourde, avec des croassements d'épouvante, à regret.

La semaine suivante, on ne les entendit plus : ils avaient abandonné le peuplier, où l'on distinguait encore leurs nids vides.

Depuis, je n'ai plus revu Angelette, la victime des yeux invisibles, la Fiancée aux Corbeaux.

III

Le mystère d'Astarté

Tantôt vers l'un, tantôt vers l'autre, elle allait, serrant une tasse de thé entre des doigts longs et fluets tels des poignards, dans le large atelier de sculpture où les peintures symbolistes tressaient sur les murs des arabesques flambantes. Mince et souple, avec ses poses de licorne, ses lueurs de pierres précieuses dans les yeux, l'éparpillement de ses cheveux, pareils à une pluie de lianes, et la tranquillité ardente de sa lèvre, rouge fleur écrasée, notre chère Astarté — notre ? si peu, mais, en revanche, si chère ! — apparaissait irréelle comme, aux murailles, ces fantômes de rêve et de couleur dans la patrie si lointaine de leurs cadres. Nous la buvions doublement cette coupe vivante de désir, d'abord parce que, femme effrénément, elle était une intelligence à la fois séductrice et surhumaine, — ensuite parce qu'elle incarnait notre émotion, elle, aussi morbide que nos poèmes d'alors, aussi exagérée et flottante que les tableaux de ce temps-là.

Etait-elle la maîtresse du sculpteur américain Georges Fledd, auprès de qui elle vivait ? Qui eût pu le dire ? Il y a un an, un soir, elle tomba chez lui, modèle sans doute ; nous l'y rencontrâmes depuis, régulièrement, chaque fois que nous nous réunîmes. Nous partions assez tard dans la nuit, grisés surtout de causeries et d'art, — et elle restait.

Entre elle et Georges Fledd, une familiarité entière. Cependant personne n'eut osé affirmer qu'ils étaient amants. Cette créature de tentation, qui nous avait tous passionnés dès les premiers instants et qui nous fut très bonne, sauf la suprême faveur — par ses préférences alanguies chaque quart d'heure pour chacun, la caresse volontiers émanée de ses doigts longs et fluets tels des poignards, par cet admirable tout-à-tous des grandes courtisanes, — n'excitait dans l'allure de notre amphitryon nul frisson de jalousie. Pourtant, aimant, convoitant ou possédant cette femme, comment ne pas être jaloux infiniment, effrontément, colèreusement ?... Non, Georges Fledd n'eût pas laissé ainsi s'éparpiller ce trésor, s'il l'avait pressé, une seule fois, avec des mains violentes, contre son cœur.

En revanche, les autres espéraient et désespéraient d'elle. Peu à peu, je vis s'élever des rancunes sourdes et féroces entre les meilleurs et les plus inséparables amis. Celui à qui elle avait le plus longuement parlé, à qui elle décerna une attention plus assidue dans l'angle d'un paravent, lui chuchotant les brèves paroles pour lui seul, tout près de l'oreille qui se penche : endroit, jour, heure du rendez-vous sans doute, celui-là payait son bonheur, — rapide, je dois le dire, car jamais deux jours de suite elle ne s'arrêta au même et elle attendait que le tour des autres fut passé pour recommencer par lui, — celui-là payait son bonheur par cet imperceptible froid, ce silence, ces coups d'œil coupants dont on gratifie un rival plus chanceux devenu l'irrévocable ennemi.

Je m'étais écarté de ce jeu sensuel où chacun risquait, au moins, son amour-propre. Qui sait si, au fond, ce qui m'avait justement blessé, au lieu de m'exalter comme les autres, ce n'était pas l'offre faite à chacun d'une préférence que j'eusse voulue pour moi seul ?

Aussi me regardait-elle avec une curiosité grandissante, la peur que j'eusse deviné en elle une tare soudaine, l'étonnement d'une résistance à sa beauté.

Bien des fois raccompagné par le camarade plus morose qui, ce soir-là, fut délaissé, j'écoutai, dans la rue où les dernières ombres hâtives longeaient les murs, de brusques sanglots étouffés, tout à coup éclatants, et la confidence hachée, le dévoilement de cette âme entêtée de caprice, le dénudement de ce corps de chimère, le regret de cette gorge de fruits printaniers, de ces hanches savoureuses comme d'intacts coussins d'ivresse et de sommeil. Cependant je distinguai — ou du moins je le crus — sous l'emphase interrompue des révélations, malgré les jactances de la vanité virile, qu'il ne l'avait point possédée, lui, le désolé, pas plus que l'autre, le triomphant, qui, une quinzaine après, devenait le désespéré de tout à l'heure, me raccompagnait, lui aussi, avec presque les mêmes plaintes, les mêmes impatiences, les mêmes rancœurs... Me sachant le seul indifférent à Astarté, tous, à tour de rôle, me contèrent leur détresse ; je la connus ainsi tout entière et je sus qu'elle les tenait tous dans un identique filet de charme et de dépit.

A plusieurs reprises, je repoussai — dois-je l'avouer ? avec une brusquerie pouvant faire croire à quelque secrète convoitise — les avances de l'étrange courtisane... Recommençant le prodige de Circé en ce cénacle d'artistes et de bohèmes, sans être enchaînée elle-même, elle enchaînait cette fière jeunesse intransigeante. Elle fut plus habile encore. Trouvant trop aisée la tâche de diviser ces amitiés anciennes, lasse peut-être de ce courant de gêne et d'angoisse qu'elle suscitait autour d'elle et qui la froissait, elle résolut de lier davantage les adversaires, prêts, si elle avait fait un signe, à s'entr'égorger. Elle réconcilia les plus rancuneux, jetant une main, hésitante mais amollie à son contact, dans une autre main indignée, mais obéissante. Je vis ces mécontents glisser de plus en plus en une servitude si dégradante que non seulement ils baisaient leurs fers, mais souriaient aux compagnons de ces fers, ignoraient, je ne dis pas la révolte contre la reine — impossible espoir ! — mais le dégoût de l'humiliant côte-à-côte avec les autres esclaves.

De quel despotisme le despote ne se fatigue-t-il pas ?... Tandis qu'elle soulevait la toile rêche qui, au fond de l'atelier, célait le mi-corps sculpté d'une femme — elle certes ! les aveux d'après deux heures du matin ne m'avaient pas trompé — d'une femme la tête renversée, épanouissant à ses lèvres ce sourire de volupté dont ils étaient fous, — je la surpris avec de telles prunelles suppliantes, si dénuée d'orgueil que je convoitai de l'entendre se confier à son tour. Quel mystère de mélancolie cachait-elle derrière ce sourire de victoire ?

L'atelier était silencieux. Un rayon de soleil dansait sur la lèvre pâmée de la statue, y mettait l'illusion crispée d'un sanglot.

— Vous me croyez une chercheuse effrénée de sensations, non ; je ne suis qu'une amoureuse : une amoureuse sans amour. Cet amour j'ai cru le rencontrer parmi les artistes qui m'entourent, et pour chacun d'eux j'ai déployé mes séductions ; mais il n'est pas une âme où je n'aie découvert une tare, un cœur qui ne m'ait révélé son insuffisance. Après chaque vaine épreuve, je les laisse retomber du haut de mon indifférence, d'autant plus épris qu'au lieu de la réalité désirée, ils n'ont eu de moi qu'une espérance décevante.

Et, très sûre de soi :

— Je suis et je resterai vierge, mon ami ; je garde ce talisman de victoire.

— Comment, repris-je étonné, vous n'êtes pas la maîtresse de Georges Fledd, vous ne vous êtes donnée à aucun de ses camarades ? vous ne me ferez pas croire que vous avez su réserver, au milieu de tant de licences, cette bizarre pudeur.

— Enfant, sourit Astarté, croyez-vous donc que, étant leur maîtresse, j'aurais pu rester leur maître ? Vous avez voulu savoir le secret de ma force ; je vous le révèle, elle est toute dans mon incurable dédain des amours imparfaites. Je préfère à un douteux plaisir, environné de quelles douleurs ! ma sereine et irréductible domination... Vous, vous ne m'aimez pas. La seule joie que je pouvais vous accorder, vous l'avez eue : je vous ai dévoilé mon âme. »

Que répondre à cette confession ? J'avais compris enfin le mystère d'Astarté, ce qui la plaçait sur un piédestal de déesse. Le marbre symbolique qu'elle me décela à la minute où je décidai de l'obtenir me livrait l'énigme de sa lèvre pâmée où se crispait un sanglot. Promesse de volupté, il était encore l'image de l'éternelle désillusion.

— Ah ! tous ils m'aiment, dit-elle, douloureuse et triomphante, mais moi je ne peux qu'essayer de les aimer et attendre vainement qu'ils en deviennent dignes.

Astarté *grandit* dans ma pensée : n'incarnait-elle pas cet idéal vers lequel chacun s'efforce et qui est si triste lui-même de ne pas être atteint ?

IV

La Victorieuse Laideur

Fatigué des lumières, des parfums montant des épaules nues, des musiques languissantes et de ce trouble qui gagne à voir tourner devant soi, double toupie noire et rose, les danseurs — je m'accoudai au balcon afin d'être seul et de goûter la nuit, bleue d'étoiles. Or il était dit qu'il me serait impossible d'être tranquille et de rêver. Un coude frôla le mien, puis je sentis cet insupportable et subtil contact d'un regard qui pèse et scrute. Fronçant les sourcils avec ennui, je tournai la tête ; l'étonnement anéantit ma gêne. J'avais à mes côtés un inoubliable spectacle.

Etouffée dans l'armure verte d'une robe surannée, cou bridé d'énormes pierreries brutalement fausses sans doute pour serrer de lamentables fanons, corsage aux parfums grossiers où s'empila une poitrine de négresse ayant allaité longtemps ses fils en renversant derrière le dos ses seins, ventre gonflé de quelles épaississantes humeurs, croupe pareille à un ballon dissimulé sous une cloche d'étoffe, — une femme me fixait effrontément avec de larges yeux aux poches soufflées, surmontés de longs sourcils peints. Horreur qu'en les planches de Goya nul ne découvrit ! inusité blasphème de la forme, qui s'enorgueillissait d'une chevelure compacte tachée de fils gris, rappelant quelque quenouille embrouillée de sorcière. — Perruque, je le devinais, car elle était si bizarrement placée, cette chevelure ! Cependant, par un reste d'urbanité, je n'aurais point reculé encore d'épouvante si je n'avais distingué, comme pour fleurir ce monstrueux chaos de chair, tout près de la lèvre, grossi encore par le fard, un mystérieux ulcère...

Qui donc avait osé laisser pénétrer dans les

salons de cette fête élégante ce prodige d'effroi ?

— Je le vois bien, dit-elle, je vous fais peur à vous aussi, quoique je vous sache différent de ces frivoles qui s'amusent ; mais est-ce ma faute si je suis vieille et si sur mon corps pèse l'ostracisme de la laideur ?

Elle avait parlé avec une voix nostalgique, d'un son jeune et pur, rappelant le bruit voluptueux que nous apporte le vent à travers un rideau de feuillage ; et, je ne sais pourquoi, s'éveillèrent en moi des souvenirs de soirs de campagne, de bosquets où chuchotent des amoureux qu'on ne voit pas...

Comme je restais silencieux :

— D'un coin d'ombre, je vous ai observé avec patience ; vous m'avez plu ; vous ne vous mêliez pas à ceux qui rient et se moquent. Il m'a paru aussi que vous étiez sans amie — (une trahison récente a-t-elle fait solitaire votre cœur ?) — et que vous vous disiez : Non, ce n'est pas là que je la trouverai, Celle, dont je garde l'immatériel espoir.

Les yeux de la femme verte pesaient sur moi avec une insistance infiniment tendre et lancinante. Je plongeai mes regards dans ses yeux, intéressé quand même par cette rare hideur et cette perspicacité.

— Il est vrai, madame, dis-je à voix basse.

Elle continua :

— Et moi aussi, je cherche l'Ami, celui qui sera assez fort pour m'accueillir, malgré ma difformité, à cause d'elle peut-être... Sait-on ce qu'amasse de douceur une âme que flagella la dérision ? Il y a chez la laide un mystère à faire trembler de joie un poète. La chair maudite oblige le reflux au cœur des fluides chaleureux et éperdus. Mais qui, de tout ce vulgaire, est capable de rompre l'enceinte d'aversion pour s'extasier au trésor de mes caresses, inexpérimentées comme celles des vierges, et savantes comme celles des courtisanes qui ignorent la peur de se profaner ? »

Elle s'approchait de moi, lyrique, et j'eus la surprise d'une fraîche haleine de fruit qui m'effleurait.

Mystère ! une sourde pitié grondait tout au fond de moi, naissant au milieu de mon dégoût comme une fleur vivace jaillit de décombres et de souillures... N'était-il pas admirable à sa manière, ce monstre ? n'affectait-il pas la distinction d'une inhabituelle détresse ? Quelle âme enfantine n'avais-je pas respirée près de cette lèvre fardée ? Quel cœur divin se recroquevillait sous l'écrasement de ces mamelles ? Et aussi, aussi, elle se levait en mon cerveau, la curiosité de cette ridicule infamie, sans le plâtrage des couleurs, sans le rempart des linges, parmi des souffrances flétries et le vertige de la reconnaissance pour l'aumône d'un peu d'affection.

Elle comprit. Les yeux de la Goule flambèrent d'une supplication acharnée, yeux verts comme sa robe, yeux d'esclaves si obéissants qu'ils défient tout refus :

— Quittons-nous cette foule ?

Et sa main se crispait sur la mienne.

— Venez !

Et sa gorge difforme était soulevée inégalement par un lamentable soupir.

— Vous viendrez !

Et, en se levant le gras de sa jambe eut un éboulement d'étoupe.

Puis :

— Partons :

Nous partîmes.

Dehors, je me sentis soulagé; j'avais pris son bras dans les escaliers, comme ivre ; maintenant qu'il était impossible d'être vu avec cette conquête inexplicable, je respirai.

Un cocher hélé, l'adresse jetée, — la sienne, — je connus dans l'étroite cahute le frisson de ce choix que nul n'eût compris, et cette satisfaction, mélancolique et profonde, de toucher les abîmes de la pitié.

Elle haletait et pleurait, la Maritorne, m'ensevelissant déjà entre ses bras; et mes joues, contre les siennes, subissaient le ruissellement de larmes empoisonnées et grasses, où le fard et les pâtes coulaient.

Ainsi qu'en une mare, je pataugeais contre la robe verte, perdu en ces plis de soie glacée, qui me sauvaient cependant d'un trop proche contact.

Nous arrivâmes... Le logis était élégant et artistique, les meubles accueillaient; je ne sais quoi de lucide et d'impudent hantait les miroirs.

Je m'assis, la tête dans mes mains, bourrelé par le remords de ma miséricorde. Que faisait-elle maintenant, sans parole ? Et trop découragé, je n'osai pas décroiser sur mes yeux ce bandeau de mes doigts, dernière muraille me séparant de la hideuse apparition.

Après quelques minutes, à pas glissés, elle revint. Je la devinai penchée sur ma tête, et la curiosité me reprit alors, cette curiosité qui m'avait fait anormal, presque criminel, cette curiosité que je voulais, du moins, assouvir sans restriction : La voir, l'entendre, arracher à cette prisonnière de l'Epouvante l'aveu de ses rêves, de ses désespoirs, de ses déceptions.

Je regardai...

Un cri dans ma gorge !... Mes yeux, frottés par mes mains convulsives... Comment !... la vieille fable des magiciennes de Thessalie serait-elle donc vraie, ou bien étais-je brusquement devenu fou ? L'innommable vieillarde avait disparu pour laisser fleurir devant mes yeux, à sa place, l'hallucinante beauté de la plus impeccable enfant !

— Qui m'a trompé ? Qui s'est joué de moi ? Où suis-je ?

Mais elle, souriante et dans mes bras :

— Cher amour, tu n'es point insensé, et il n'y a point là de magie. Regarde à terre ce tas confus de chiffons, la chevelure grise dispersée, les bosses du ventre, des seins, des cuisses diluées dans ma hâte de ta récompense. Je suis belle, mais je me plais à devenir laide, ayant la haine des hommages qui ne convoitent qu'une volupté égoïste, non point la possession sublime de mon âme. O très subtil, n'ayant vu exactement de moi que mes prunelles et n'ayant pressenti que la fleur secrète qui embaume ma bouche, tu as consenti à la miséricorde absurde et terrifiante, te croyant suffisamment payé de ton effort par un abandon plus parfait et la révélation d'un cœur inconnu. Ta destinée te récompensera jusqu'au matin par la splendeur de ma vision qui vaut toutes les ivresses ; car ma beauté, défendue par le masque de la laideur, se réserva pour celui qui, enfin ! l'a méritée...

J'observais l'étrange adolescente.

Ce visage d'où les factices rides avaient fui dans la purifiante ondée, d'où l'ulcère artificiel, les pâtes avaient disparu comme un masque qu'on ôte, s'animait de la grâce pieuse des anges d'Angelico ; loin des odieuses pierreries le cou s'effilait, morceau gracile de marbre ; les seins rêvaient, touffes neigeuses où une petite rose souriait ; frêle et robuste taille ; jambes, souples colonnettes d'un temple dédié au seul amour ! Et le miracle de cette nudité juvénile éblouissait, telle l'œuvre d'un maître surhumain à laquelle Dieu, se trompant, aurait accordé de vivre.

— Eh bien ? dit-elle, inquiète d'être heureuse.

— C'était, répondis-je avec lenteur, mesurant mes paroles, cadençant ma voix, c'était la pitié de ton horreur, ô vieillarde, c'était le goût de consoler ta laideur, ô monstre ! qui m'avait traîné ici par d'inextricables fils. Maintenant ta jeunesse rayonnante, ô adolescente, ton ineffable splendeur, ô très belle m'ont délié. Je venais ici pour abreuver ma bonté à une coupe d'épouvante, je venais réjouir une âme, domptant mon dégoût. En somme, mon désir quêtait une victoire au delà de la vie et du Banal, dans les régions de la stupeur. Mon but est perdu, mon mérite s'éteint, mon péché n'a plus d'excuse...

Sérieuse, elle me considéra, prête à s'indigner, prête à prier peut-être :

— Comment ! tu dédaignerais cette chance et ce délire ? Tu voulais de l'extraordinaire : en cela, je ne t'ai pas trompé. Trouves-tu vulgaire mon subterfuge et méprisables mes merveilles ?

— Tu es très sage et très belle ; mais la beauté et la prudence n'ont pas besoin d'être consolée ; quant à ton mensonge, il te fait semblable à trop de femmes. De ce que tu feignes la vieillesse et la hideur, alors que les autres simulent la jeunesse et la grâce, tu n'en es pas moins une coquette — une coquette à rebours. Banale, tu l'es donc malgré tes artifices... Adieu !

Honteuse devant l'indifférence, elle se renferma dans l'orgueil épars de sa chevelure, — tandis que je sortais...

. . . .

Et c'est ainsi que cette nuit mémorable, méconnaissant le Charme éternel, je restai fidèle à la pitoyable, effarante et délicieuse Laideur.

V

Le petit crépuscule d'un grand amour

Revenu dans la cité provinciale silencieuse et presque pas vivante, vers six heures, un soir d'automne, l'odeur du new-mownhay me fit me retourner. C'était elle, l'amie première, nos regards se croisèrent effarouchés ; elle sourit... j'étais trop ému, je saluai et m'enfuis.

Quelques jours après sur ma porte je fus hélé par un gros petit homme qui depuis un moment m'avait suivi sans que je l'eusse remarqué. Enfin je le reconnus.

— Monsieur Héligale ? C'est bien vous...

— Monsieur Héligale lui-même ! et d'abord

comment êtes-vous ici, et surtout pourquoi ne vous voit-on pas ?

Je balbutiai des insignifiances... très volontiers, je réparerais mes torts...

— C'est cela, mais sans tarder! tous les vendredis ma femme reçoit quelques personnes, soyez des nôtres demain ; venez.

Et le gros petit homme, en caressant avec complaisance sa barbe trop blonde, me regarda longuement, un sourire noyé sur les lèvres, puis disparut.

Le lendemain, après le flirt d'une valse lente, je laissai la première amie dans un trouble frissonnant qui agitait, plus fiévreux que d'ordinaire, son noir éventail de plumes ; sa toilette rose et blanche l'appariait, un peu maigre, à quelque frêle fleur inconstante. Ah, qu'il eût fait doux à ce moment la respirer !

Au buffet, quelques hommes s'épongeaient le front. Déjà le matin s'apercevait aux lassitudes de svisages, à l'irritation nerveuse des épidermes, à l'abandon moins retenu des femmes.

Madame Héligale, derrière moi, se pencha vers mon oreille :

— Donnez-moi une coupe de champagne.

Et quand elle eut entre ses doigts fuselés le cristal mouillé de mousse, elle ajouta très bas : « Après demain, ici, nous serons seuls. »

Notre vie haletante de mensonge et de trahison recommença. Son âme s'était pour moi dévêtue d'illusion, je la voyais telle quelle, libertine et frivole, indigne d'affection, incapable même d'un durable plaisir. J'étais au fond guéri de mon ancienne folie ; mais le souvenir suffisait encore à m'attacher ; nos caresses nerveuses me versaient un calme inattendu par leur allégresse régulière. J'étais affranchi par l'habitude, de tout remords; l'assurance égoïste de ma volupté n'était plus même plus éclairée par la poésie des larmes. Parfois, j'avais honte de moi pourtant, je me rappelais combien plus délicates les ivresses à Paris auprès de la Fiancée aux corbeaux, de la petite créature harcelée de démons. Madame Héligale c'était le péché provincial sans turbulence, sans fièvre ni péril mais aussi sans enthousiasme ni frisson.

Je devins sceptique et matériel.

Oui sottement j'augurais — l'univers se conforme à l'homme qui le regarde, — que c'était un rêve de malade que la Belle Douleur. Autour de moi les sourires satisfaits reflétaient mon sourire. Qui donc était à plaindre et se plaignait ? Dès que l'on a perdu le goût de l'idéal, la bête conquéreuse et repue réfrène les spirituelles inquiétudes — et j'étais déchu au point d'être placidement heureux.

Depuis quelques jours cependant je redevenais impatient ; madame Héligale était irrégulière à nos rendez-vous paisibles...

... Je regardai ma montre. Trois heures.

— C'est étrange me dis-je, elle devait venir avant une heure et demie. Son caprice serait-il déjà émoussé ? décidément notre liaison manquait de secousses. Plus fine, elle l'a deviné et m'en prépare... allons l'Aventure va déployer sa lanterne magique.

Je m'assis au secrétaire pour rédiger quelques notes ; bientôt mes doigts se refusèrent à tout travail. Le migrainant souvenir d'une attente vaine dans cette même chambre, il y avait huit jours, aiguisait mon pénible pressentiment.

— Elle ne viendra pas... maintenant c'est certain et pourquoi ? il lui eût été si facile de m'avertir de venir surtout.

L'aile des anciennes jalousies passa sur ma tête.

Mais tout à coup le grincement de la clef qui tourne ; et elle parut plus parfumée que de coutume, rieuse, ne s'excusant même pas.

— Tiens, je comptais que vous ne viendriez plus, prononçai-je sans me retourner. Puis debout démentant déjà cet accueil irrité, des deux bras je la saisis à la taille, l'embrassai au coin de la bouche, dans l'exhalaison de son haleine et de son odeur brouillées.

— C'est que je croyais ne pas arriver du tout, j'ai tant de courses, tant de visites, tant de choses. C'est un miracle que je sois là.

— Vraiment ! et je l'assis presque de force sur le divan. Elle résistait un peu, sans se défaire, distraite, les yeux par-dessus moi ; et ses doigts fébriles pianotaient.

— Ma chérie....., ma bouche approchait ses lèvres, mes bras avides la cherchaient.

— Tu es fou, voyons... tu me décoiffes...et puis je n'ai pas le temps, il faut que je m'en aille. »

Ce qu'elle avait craint justement, c'était, quoique indifférente, le réveil de la tendresse, l'irrésistible coup de désir qui la pliait muette, charmée, terrassée. Je compris et m'écartai, les lèvres mordues de dépit. Déjà devant l'armoire à glace elle rajustait ses frisons, prête à partir.

Jadis j'eusse insisté davantage ; mais je songeai qu'il est d'autres femmes. Cependant j'arrachai la promesse d'un rendez-vous « ici après-demain ». Avec rancune je la regardai descendre, hâtive, sautillante. Je l'avais tant aimée! Elle ne m'aima qu'un peu... maintenant, distraite ou lassée, elle me quittait sans que se déchirât mon âme. Seule, me sembla-t-il, souffrait ma vanité.

. . . .

La porte vitrée de cette imprimerie de province, vibra derrière moi. Le bruit s'en perdit dans des éclats de voix, des mouvements de lanières qui glissent, le chantonnement d'un élève prote... çà et là des cris, des appels.

Les claires-voies du plafond tamisaient le jour éteint de quatre heures en décembre. Les petites lampes électriques accrochaient un incandescent fer à cheval au-dessus de la table encombrée des typos.

Mues par la même force, les machines allaient répétant sur des centaines et des centaines de feuilles, les mêmes mots, les mêmes formules, passivement.

Debout, sur un escabeau de bois, un grand coupe-papier à la main, la margeuse fait descendre les feuilles blanches que les pinces, à intervalles repliées, saisissent. Et les feuilles s'enroulent au cylindre, passent sur les caractères gras d'encre, retombent enfin sur une table où l'autre margeuse les reçoit de ses doigts automatiques, tandis que ses yeux s'attachent au livre romanesque étalé sur ses genoux.

Pourquoi, ce soir-là, Lisa m'intéressait-elle davantage ? C'était une des plus pauvres margeuses aux yeux résignés, à la bouche trop fendue et aux coins las. Bien populacière certes. Et par ces savates trouées, ces jupes douteuses, ce corsage déteint aux aisselles, la rugosité de ses mains et les traînardises de sa voix, je me sentais blessé en mes goûts élégants et discrets.

Pourquoi, ce soir, me parut-elle changée, mieux mise, le teint plus clair, un teint de rose à peine défraîchi, ses tresses blondes ondant avec mélancolie sur la blancheur de son fichu de laine ?

Je ne sus que la regarder fixement, profondément, avec un sourire complice. Sans doute elle crut me voir des paroles aux lèvres... elle eut le clignement d'yeux et le sursaut d'épaules de celles qu'on hypnotise.

Le tirage s'achevait.

Je la suivis dans la quasi ténèbre d'un étroit corridor reliant à l'imprimerie une salle humide ; là des gamines malingres mettent en tas des affiches et des imprimés. Je la suivis. Elle se retourna. Je vis, je sentis éclater le phosphore de ses yeux sous l'oppression de mon regard harceleur. Mes lèvres la cherchèrent sans qu'elle luttât, sans que je lui eusse parlé. Elle s'abandonna, broyée d'un trop rapide bonheur... de ses doigts détendus, le papier d'affiche, avec un bruit mou, sur le bois du parquet, tomba.

Une porte s'ouvrit, je dis très haut :

— Pardon, mademoiselle, je vous ai bousculée, je crois que j'ai fait tomber vos affiches.

Je saluai et sortis, comme fou, les jambes gourdes.

Deux jours après, je revins. Tout en moi chantait le calme heureux de la crise achevée, de l'orgueil content, jusqu'à ma cravate dont l'irréprochable nœud révélait l'absolue placidité nerveuse. Un peu gonflés, mes yeux seuls racontaient la veille ardente. Autour de moi le souvenir de Madame Héligale planait en des fragances de « foin coupé » ; cette fois l'amie parfumée avait guéri tout désir par les victorieuses tendresses.

Dans l'imprimerie, inactif je vague. Un coude me frôle, une jupe m'a touché ! Lisa sans doute ? des yeux que je ne vois pas mais que je sens, des yeux douloureux de reproches pèsent sur moi, intolérables.

En l'obscur de mes nerfs malgré mon apparente indifférence se débat une sorte de pitié pour cette langueur muette frottée à moi en bête reconnaissante et quêteuse encore...

De coin de prunelle, au jour cru, elle est maintenant, terne, sans charme, encore ravalée, s'il se peut, par cette inutile faveur. Mais je songe à relever par un gentil bijou rose la place où mes lèvres se posèrent.

Aussi le soir, quand les margeuses reprennent leur travail de patience, rythmé et monotone, je reconnais Lisa portant autour de son cou les perles de corail que je lui ai envoyées.

...Assise à son banc elle reçoit sur la planche devant elle les feuilles du journal avec ses doigts rugueux et mécaniques. Autour de ses noirs yeux s'approfondit un cercle de bistre pauvre. Elle ne pense à rien, absorbée en l'ombre de sa tâche, en le néant de sa destinée. Mais, d'où je me suis assis, je crois voir une goutte d'irréparable amertume, — de reconnaissance aussi quand elle lève les yeux vers moi, — une larme lente et longue glissant de la pointe des cils baissés jusqu'à la pile humide de ce papier confus qui s'entasse, devant elle, ainsi que ses lamentables jours sans espoir !

VI

La Rue amoureuse

Les jours suivants, je revins, impatient, sans relâche, sans succès, dans l'appartement loué au mois où j'attendais mon amie. La chambre donnait sur une rue étroite traversée vers les cinq heures par quelques bandes d'externes libres sortant du lycée de la ville ; ils plaisantaient à voix haute, lançaient quelques mots crus dans des éclats de rire ; et leurs serviettes bourrées de livres accusaient seules qu'ils n'étaient pas que des petits animaux joyeux. Ils me distrayaient, semblables à ma première insouciance, préoccupés uniquement de lâcher leurs instincts grossiers de liberté. Mais, lorsqu'ils s'étaient dispersés et que le soir allumait le bec de gaz d'en face, ma détresse clignotait comme cette flamme devant la fenêtre qui ce rendez-vous d'amour manqué, débrouillait en mon âme le travail des pressentiments, l'irritabilité d'être solitaire. Car madame Héligale ne venait pas.

En revanche, les formes, sillonnant la rue étroite, profitaient de l'ombre, loin du gaz terne, pour se rapprocher deux par deux, pencher l'une vers l'autre leurs épaules, lourdes la vie. Mes yeux s'habituèrent à les reconnaître. J'en vis d'austères et de recueillies, de grêles et de mélancoliques, j'en vis aussi d'alarmées, j'en vis de solitaires et de furieuses. Dès sept heures, la rue était pleine de jalousies, de rires, de haines, de caresses et de sanglots; la banale aventure sous tous ses aspects animait ce passage presque toujours vide, le peuplait des drames de Shakespeare, des élégies de Musset, de l'éternelle complainte des poètes du désir. Reconnaissant, du haut de ce balcon maudit, en ces fantômes heureux ou infortunés, le fantôme joyeux que je fus et le fantôme morne, abandonné que je suis maintenant, je me réjouis et je me tourmentai avec ces passants.

L'univers et l'homme doivent communier en une même lyre frémissante. La joie, passagère, inconsciente ivresse, me fit égoïste. La douleur est meilleure, elle ennoblit; j'apprenais par elle l'altruisme du sanglot.

Au début de ma puberté, je me rappelais les bonnes larmes versées sous les lamentations des pins; aujourd'hui moins enfant, je revoyais d'autres larmes, celles de la pauvresse, de la margeuse; je me disais, clairvoyant enfin, que mon printemps d'aventures s'emprisonna entre deux murailles de pleurs.

Madame Héligale ne revint plus.

Intimement je la remerciai de m'être dure; son insensibilité avait détruit la mienne, je vibrai de nouveau, eurythmique avec l'effort universel, avec la destinée du monde qui veut le malheur pour créer un peu de pitié et de beauté, dans le tourment.

Quelques mois, je m'oubliai pour interroger les désespoirs et les résignations tourbillonnant autour de mon cœur. J'appris à sortir de moi-même, et je m'augmentai de l'universel soupir.

VII

Ayant sondé ma misère, l'ayant comparée à la misère d'autrui, ayant pleuré de mes pleurs et des pleurs fraternels, libre du mépris et de l'égoïsme, je me reconnus mûr, non pas pour la vie altière, non pas pour les vertus trop au-dessus de ma faiblesse, mais pour l'apprentissage de la vérité. La Vérité ne se découvre guère dans les livres... car on ne comprend que selon sa propre expérience ; la vie seule décèle et explique la vérité à celui que la vie a torturé. Dès lors mes derniers essais d'aimer se haussèrent jusqu'aux principes. J'entrevis que tout plaisir sensuel entraîne le triste cortège du mensonge, de la guerre intérieure, de la division entre les cœurs, et de la toute puissante mort. L'Idéal seul réel et pur ne trompe pas;

j'ai béni la douleur et la méditation qui me marquèrent de leur mystique sceau me préparant au culte d'une humanité plus belle, à l'espoir d'un règne durable de la Bonté.

Mais il me faudrait un événement plus irréparable qu'une séparation pour m'ouvrir tout à fait les yeux sur la légèreté déplorable de ma conduite.

Je me gaspillais sans compter, sans me douter que les forces de la jeunesse forment un trésor que l'on regrette amèrement plus tard, lorsqu'on l'a dissipé au lieu de le réserver pour les grands efforts. J'étais bien pareil à ce chevalier de Faublas qui ne résiste jamais aux sollicitations de la nature et qui joua avec l'amour comme on joue aujourd'hui au diabolo.

Cependant un peu de mélancolie ennoblissait déjà ces ébats de petit animal trop civilisé. C'est que notre siècle est plus grave que le XVIIIe siècle, qu'on n'y pratique plus les douceurs d'un loisir distingué, que la volupté est elle-même âpre et fébrile, — et que secrètement dans le tréfonds de mon être je souffrais du malaise de me pressentir né pour un autre destin.

VIII

« Auprès de ma blonde

« Qu'il fait bon mentir... »

Me voici de retour à Paris où j'ai tenté d'oublier Mme Héligale.

De ma fenêtre je voyais accourir ma nouvelle amie, fraîche et tendre sous son chapeau de dentelle et dans sa robe tremblante qui moulait cette admirable effigie de volupté. Au fond de moi de vagues mélancolies tressaillirent.

Je l'avais trompée encore, hier même avec Gatienne, cette acteuse d'une bêtise qui n'a d'égale que sa beauté. Pour conquérir cette proie de joie, j'avais déployé les ruses des endurcis et aussi ma fougue juvénile, cette sorte d'élan qui certains jours me poussait, fébrile, à toutes les femmes. Car longtemps je n'ai pas su, même quand un caprice de quelques semaines me captivait l'âme, je n'ai pas su résister à une démarche mollissante, à des yeux mouillés que bat l'éventail des cils, et à ces lèvres plus tentatrices que des fruits roses. Certes, je ne laissai point ces passantes asservir mon esprit dédaigneux, s'installer dans sa vie, s'ériger en reines de ma libre destinée. Mais je fus lâche devant la possibilité de la caresse ; l'imminence d'une étreinte me faisait déjà défaillir... Cependant la fraîche et tendre amie, Vincente, qui allait bientôt, dans la poussée sauvage de l'extrême passion, se lier à moi de ses bras fous, celle-là, — sous son chapeau de dentelle et dans sa tremblante robe, — je savais bien qu'elle m'aimait plus que tout et qu'un grand désespoir naissait en elle à la seule inquiétude d'une trahison.

Aussi, quand je l'aperçus, près de la porte, au moment d'appuyer sa main gantée de blanc à l'électrique bouton, je concentrai mon courage et décidai que je ne serais pas vil plus longtemps. Quitte à briser mon propre bonheur et les nerfs de cette délicate, j'avouerais jusqu'au bout, racontant ma coupable faiblesse, l'irrésistible déclin de ma volonté devant les premières venues, jolies ou seulement étranges.

Hélas ! comme pour railler d'une promesse

d'amour ce projet de rupture, une voix grêle filtra des vitres voisines, — la chanson d'une gouvernante berçant sans doute un enfant avec le refrain de son pays :

Auprès de ma blonde,
Qu'il *fait* bon. *fait* bon,
Qu'il fait bon dormir.

Vincente entra.

Le chapeau vola rapide, dénudant la chevelure ; les mains se dépouillèrent pour ne garder que l'éclat de deux bagues ouvragées ; mais les yeux conservaient leur bistre de souffrance ; une lumière de reproche colora les pâles prunelles bleues. A peine m'eut-elle embrassé, ses narines dilatées de jalousie, elle poussa une exclamation de dépit et se jeta vers la fenêtre, battant le rideau d'un doigt de colère : « Encore cette odeur de chypre... avant-hier c'était le foin coupé... l'autre jour la violette... je n'ai qu'à respirer votre barbe pour savoir que d'autres vous ont plu... tenez, je n'aurais pas ce témoignage, que cette fleur flétrie sur votre table, oubliée au hasard des visites, me révélerait la présence récente d'une femme... » Interdit, j'admirais cet instinct qui lui faisait deviner juste, à cette amoureuse, par ces détails imprévus qui échappent à l'homme aisément. Le moment certes était mal choisi pour oser l'entière confidence ; ce brusque dépit émoussait ma fringale de franchise ; je tordais nerveusement un gant de Vincente, avide encore d'être loyal, mais la plaignant trop pour oser le definitif aveu.

Elle se retourna, le visage cette fois creusé de menaces :

— Tu ne me réponds pas... tu ne te défends point... te voilà devant moi sans résistance... tu as peur... mais dis quelque chose... lâche !

Elle était si violente et si belle ! Tant pis ! Elle méritait, vraiment je le crus, ma furieuse et amère sincérité.

— Oui, répliquai-je, et j'en ai honte et horreur, je te trompe... je t'ai trompée sans cesse... ta camarade Violine, cette folle, aux frisons éparpillés, on dirait, par une avalanche de lèvres, je l'ai retenue chez toi, un soir que tu tardais à rentrer et que nous t'attendions... Rosette, que tu jalouses pour sa gaieté qui fuse en perles sonores, m'a laissé dans un fiacre m'enivrer de son contact grisant. Je suis retourné chez Marguerite, mon ancienne maîtresse, qui me captivait par le muet enveloppement de ses bras robustes. Quant à Lilaë, qui m'avait toujours fui, fidèle à un petit poète qui, pour elle, rime à jeun de détestables sonnets, je l'ai emmenée à Fontainebleau par une belle après-midi de soleil. Jasmine m'a elle-même provoqué ; et hier, ici, vint Gatienne...

Je m'interrompis. Vincente avait clos sur ses opiniâtres prunelles bleues ses paupières meurtries ; elle n'insistait plus. La tête en arrière, les bras roidis, elle glissa contre mon épaule, perdue, frappée, à n'en pouvoir plus vivre, par cette confession.

De derrière les tentures de la fenêtre filtra dans le silence, avec l'épuisement d'un sanglot reculé, le refrain de la voix grêle berçant sans doute quelque petit malade :

> Auprès de ma blonde
> Qu'il fait bon souffrir...

J'étendis sur le divan, avec précaution, cette forme sans âme, le froid fantôme de Vincente. Elle ne respirait plus, vainement j'essayai d'entendre les battements de son cœur. Avec des mains diligentes, j'appuyai sur les agrafes, écartai le corsage; puis, la chemisette chastement écartée, la poitrine ferme et petite apparut pareille à deux coupes renversées après une ivresse.

Vincente gisait, à jamais, on eut dit terrassée par un irrémédiable désastre. Dans ce désordre douloureux et charmant, elle se révélait plus belle. Je l'observai : la cheville étroite que la robe laissait entrevoir me rappela le pied mignard de Rosette ; ces cheveux bousculés par la bataille des reproches, n'étaient-ce pas les frisons de Violine ? cette gorge délicate et vigoureuse évoquait la gorge de Marguerite. Les grands yeux de Lilaë, c'étaient ces yeux mystérieux, invisibles sous les paupières tombées. Jasmine montrait de mêmes lèvres défaites aux heures de délices, et Gatienne s'abandonnait avec cette grâce ! Bien plus, tels des noms de fleurs, les noms seuls de ces femmes noyaient mon âme au parfum d'une tendresse nouvelle faite de souvenirs et de regrets.

Ah ! ne les ai-je pas affligées toutes, en celle-là meilleure qu'elles, et qui en elle-même les a sublimées ? — Ne les ai-je pas affligées, Rosette, Violine, Marguerite, Lilaë, Jasmine,

Gatienne, en cette Vincente abattue par ma sincérité mauvaise, la barbarie de ce véridique aveu ? Lorsque l'on est faible et mauvais, il est inutile et malfaisant de dire vrai ! Nul, s'il n'est un fort, n'appellera le regard de la Réalité impassible. Ne vaut-il pas mieux voiler d'une compatissante duplicité l'horreur de ce qui existe ?... Sûrement, sourdement, me pénétrait la nécessité de mentir puisque je n'avais pas été bon...

Presque imperceptible maintenant, tel un râle achevé, le vieux refrain, se lamenta :

Auprès de ma blonde
Qu'il fait bon mourir !

Je baisai l'évanouie aux yeux, aux lèvres, au cou, au bas de la robe. Suavement comme une mère rachète à l'agonie son enfant déjà sans âme, je l'éveillai par de tendres paroles de mensonge :

— Vincente... ma Vincente... tout ceci n'était qu'espièglerie... ouvre tes paupières pour que je lise mon ciel et mon pardon au fond de tes prunelles... je n'ai jamais aimé, je n'ai même pas effleuré Gatienne, Jasmine, Lilaë, Violine, Rosette, Marguerite... je n'ai dit cela que parce que tu me bravais... si je me parfume chaque jour avec des flacons différents, c'est pour inquiéter, pour aviver ta passion ; car de toi je suis infiniment jaloux et je crains — n'es-tu pas femme quoique si clémente ? — que tu ne te lasses. »

Etonnée de ces paroles, elle souriait, docile, à l'incantation de ce repentir trompeur. Ah, ne croit-on pas avant tout ce que l'on voudrait qui soit réel ? Vincente souriait, évadée du gouffre de la vérité par l'ascenseur compatissant du mensonge.

— Alors, cette fleur qui traînait sur la table, elle n'était pas de Gatienne ?

— Elle était de moi qui la cueillis en souvenir de toi qui l'aimes, et qui la portais ce soir de Juillet où je t'ai tant espérée...

— Oh ! dis-tu vrai ? dis-tu vrai ?

— Je te le jure par la vérité de nos caresses !

Un apaisement s'épandait dans la chambre d'où la sincérité avait fui ; et, tandis que nous nous embrassâmes avec une ferveur consolée j'entendis au fond de moi-même une voix ironique, sifflotant :

Auprès de ma blonde
Qu'il fait bon mentir...

IX

Le Péché qui délie

Mais la crise de désir s'acheva peu à peu en mélancolique fatigue. Vincente, méfiante, m'accablait. Elle surprenait chez moi des lettres qu'au bout de quelques jours j'oubliais de cacher, ou que j'imaginais perdues ; elle retournait mes poches, dénichait l'épingle à cheveux qui, restée à l'étoffe de la cheminée, témoigne d'une visite familière. J'eus beau accumuler les fables les plus adroites et les inventions les plus logiques; combattu pied à pied, je cédai enfin, voyant ma vie trop embroussaillée par cet espionnage, excédé aussi de mes équipées trop romanesques. Je me résignai donc à l'existence monotone et régulière, aux repas ensemble, aux promenades, aux voyages où l'on se rejoint; sans vibrer jusqu'à l'ivresse, j'acceptai l'oppression de la conquérante aux yeux opiniâtres ; une tristesse irrévocable me gagna, la cendre des jours tombait des clepsydres sur mes jeunes flammes ; cependant comment préciser un motif de chagrin en le duvet spleenétique de ce faux mariage ? Tout autre se serait dit heureux. Cependant notre amour, qui avait vécu de la lutte, s'éteignait sans que nous nous en doutions dans cette trêve ou plutôt dans ma propre défaite à laquelle avait succédé une paix sans révolte et sans secousse. Nous allions nous, séparer justement parce que nous semblions enfin être accordés et unis.

Et une pureté factice germa dans ma conscience inerte ; je rêvai de sagesse durable, à peine entrecoupée de serrements de doigts ou d'un effleurement aux joues ; un goût d'amitié frêle auprès d'une obéissante inconnue me reculait de Vincente qui, de son côté, fuyait les longs tête-à-tête d'autrefois.

Elle changea.

Je m'en aperçus malgré mon indifférence.

Un peu de curiosité me harcela d'abord ; puis je ne sus prendre la peine de savoir ; car j'avais trouvé cette distraction : Céline. Elle était douce, passive, celle-là ; elle me plut comme une tisane aromatique de convalescence. Vincente avait-elle deviné nos rendez-vous blancs ? pour la première fois, elle oublia d'être jalouse. Ses visites s'espaçaient, elle vint un soir, toute troublée, les yeux si meurtris, les lèvres si rouges qu'elle n'osa rester, prétexta l'arrivée à Paris d'une parente, me laissant dans un adieu inquiet et distrait, la certitude qu'un événement était entre nous.

Mais Vincente était trop franche pour qu'une explication définitive ne fût décidée ; de mon côté, j'étais désireux de susciter cette scène, dussé-je convenir de mes torts afin de ne plus ignorer les siens. La destinée, hypocritement, nous poussait à cet essai de réconciliation pour mieux annoncer la définitive rupture.

L'hiver, propice aux confidences, me la ramena une journée entière. Elle arriva le matin, ainsi qu'autrefois, m'éveiller du froufrou parfumé de ses jupes ; nous déjeunâmes presque amoureux, dans mon cabinet de travail ; la placide bonne qui nous servit se déclara enchantée de revoir enfin « Madame ».

Après le café, ayant aspiré les premières bouffées d'une cigarette, je fixai Vincente dont le regard n'osa m'affronter et sans préparation je dis :

— Tu as quelque chose à m'avouer, Vincente.

Après un silence gênant, elle répondit à voix basse, le visage dans ses mains :

— Que dis-tu là ? Qu'as-tu deviné ?

La neige égrenait dans l'avenue de longs et doux chapelets de silence, dont les grains candides semblaient les larmes des anges affligés de nos innombrables laideurs. Les arbres nus s'habillaient de cette innocence subite ; le calme du dehors prédisposait aux confessions, où le remords va jusqu'au bout.

— Il y a dans l'âme de la femme des obscurités et des dédales. Je cherche à démêler les raisons de mes actes. Aide-moi, je ne sais plus...

Vincente se souleva de sa longue chaise où elle s'était allongée pour un tiède repos. Son impétueuse crinière, ses yeux qui vous pénétraient de leur magnétisme opiniâtre, sa mâchoire dévoratrice et jusqu'à cette indécise pénombre que verse sur les joues et le long des lèvres un imperceptible duvet, tout son visage disait en effet l'amoureuse bataille, le plaisir que l'on arrache avec des cris et qui fait peur.

Elle continua :

— Je t'ai trompé, à mon tour, car je sentais bien que, trop docile dans ta jeunesse restée adolescente, tu ne t'abandonnais qu'avec effroi. Tu fuyais parfois mes ongles qui marquaient tes bras ; oiselle de proie, je te tourmentais par le tourbillon douloureux de mon embrassement. Et tu me supportais seulement...

« Ma peine s'aigrit trop vite en un regain d'amour-propre. Car je ne me trouvais pas moins belle ; et l'injustice de tes langueurs m'offensa. Ton ami Dominique, dédaignant l'ordinaire scrupule, accepta ma revanche... Oh, j'ai à mon tour craint et pleuré, j'ai tremblé sous l'étreinte sauvage, j'ai connu l'ivresse de ces romaines des gynécées, couvertes de bijoux précieux et ensommeillées de paresse, que foulaient sous une bestiale colère les hordes d'Attila... »

Je me taisais dans l'appartement dont l'ombre, encore peu obscure, bougeait aux allées et venues de Vincente. Fière maintenant de sa faute, elle la proclamait emphatiquement comme celles qui ont peur de se repentir...

J'attisais l'ironique flamme de ma cigarette accoudé à la cheminée, devant la glace qui, pure, reflétait la blancheur du paysage au delà de la fenêtre. J'écoutais sans paraître ému, sans même sourire.

— Tu m'as remplacé, dis-je, je te pardonne; j'étais trop languissant, trop effrayé, trop doux... je ne savais pas te vaincre, mais ne te le reproche pas trop puisque je m'épris lentement de ta camarade Céline. Avec ses paupières sans cesse repliées sur la tendresse de ses prunelles, comme le calice d'une fleur trop belle se referme sur ses délicats pistils, Céline, si souple et si close, m'écouta, un jour de visite, alors que j'étais resté le dernier parce que je n'osais pas retourner ici te revoir. Je laissai tomber le long de ses genoux ma tête oppressée de ton souffle, et nous goûtâmes la volupté de mourir l'un pour l'autre, sans grossière extase, pâlement.

Dans l'avenue où, hâtifs, glissaient à peine

quelques passants, une pauvresse stationnait. Ses mains aux mitaines lacérées se joignirent ; et elle chanta :

Allons ma toute belle,
C'est l'amour qui t'attend,
Ne me sois pas cruelle,
Puisque le soir descend.

La romance se mêlait à la neige, naïve et banale, — éternelle comme la chanson de l'Univers. Vincente reprend avec une conviction bientôt démentie :

— Je ne t'ai pas tout raconté. Ma faute est étrange, car je ne la regrette point... Peux-tu me pardonner puisque, je te le répète, elle me fut une révélation bénie, l'heure mauvaise ? Comprends-moi, si tu oses... Sache que je n'ai pas cessé de te sauvegarder mon cœur ; apprends que je suis toute rayonnante de t'avoir été infidèle ; cette infidélité m'a expliqué mon devoir d'amante ; je crois savoir maintenant l'affection qui te liera.

« J'eus honte de mes emportements passés. Cette bête furieuse qui hurlait en moi, Dominique l'a terrassée à ce point que j'en suis devenue toute féminine. Ah ! tu peux vers moi pencher une lèvre indécise et tes mains peuvent chastement presser ma taille, je ne bondirai pas avec une révolte qui veut dévaster. J'obéirai à ta caresse, serait-elle plus pure qu'une brise, et ton amie te chérira désormais selon ces précieuses minutes d'idéal, où tes yeux s'illuminent d'abdiquer toute chair.

Je m'approchai de Vincente ; une lueur courte passa dans le bleu de mes prunelles timides. Ne cherchions-nous pas l'un et l'autre à nous illusionner ?

— Destin étrange et parallèle ! répliquai-je. Je remercie Céline ; mais je n'aime que toi. Cette passivité épeurée que j'ai savourée loin de toi m'a doté d'un goût inconnu pour le triomphe. Vincente, nous sommes enfin rendus l'un à l'autre par ce double péché qui nous réunit mieux. Tu trouveras en moi quelqu'un que j'ignorais moi-même et la force qui t'a quittée m'occupe et rugit...

Elle me tendit ses lèvres.

L'Amour, ma toute belle,
Est un calme bonheur,
Tu fus toujours fidèle,
Je t'ai gardé mon cœur.

La romance fusait parmi la neige ; ce nouveau couplet de la pauvresse nous réveilla. Cette naïve strophe, bête et divine comme tout ce qui est simple, frappait de désaveu notre subtilité, — telle une prière flagelle un blasphème. Nous nous approchâmes des vitres ; nos fronts fiévreux fraîchirent à cette buée. La neige maintenant recouvrait tout ; c'était une douceur, une bénédiction du ciel, un sourire éblouissant épars sur le paysage de la rue ; les passants eux-mêmes, les voitures, les chevaux, tout était devenu candide, jusqu'aux réverbères allumés d'une petite flamme ressemblant à un regard de jeune fille.

Tout à coup ce refrain et cette blancheur nous expliquaient que nous n'avions été que des pervers et des fous. Une honte nous séparait pour longtemps, après nous avoir précipités encore l'un vers l'autre quelques secondes. Non, nous nous étions trompés : ce n'est pas le péché qui lie deux êtres, ce n'est pas le mensonge qui tisse autour de deux cœurs le tendre filet hors duquel ils ne s'élanceront plus...

Ah ! que nous n'ayons pas compris le conseil de cette neige et de cette romance ! que nous n'ayons pas été de simples enfants qui s'embrassent uniquement préoccupés d'une simple joie ! Ah ! sortir de cette chambre malfaisante, dévêtir nos fautes, et jusqu'à notre pensée pour aller, âmes toutes nues, dans la rue solitaire, marchant devant nous jusqu'à ne plus être que deux fantômes blancs...

La pauvresse partait... aucune égoïste fenêtre n'avait bravé un peu de froid pour la bonté de l'aumône. Ses haillons tournèrent à une traverse de l'avenue ; seul le son de sa voix persistait, traînard et doux, lançant la dernière strophe, comme Dieu envoie un remords.

Et puis, ma toute belle,
Quand nous serons partis,
Toi tu auras des ailes,
Et moi le paradis.

Alors, sans prendre le courage de nous regarder encore une fois, nous nous mîmes à pleurer, contre les rideaux, séparés tous deux, dans la même douleur. Et nous nous dîmes adieu à jamais ! car nos sens avaient seuls allumé la fête des retrouvailles. Le couple est divin dans son indéfectible nœud. Délié par l'adultère, il ne récupère plus une passagère unité que par un diabolique sacrilège. La fidélité est le seul ciment du Temple conjugal éternel !

X

Le baiser des humbles

J'avais obtenu enfin de Morella l'extase implorée depuis des mois et refusée avec un sourire d'énigme compliquant d'exil l'art de se promettre un peu. Nous avions fui Paris. Au bout d'Auteuil, en une petite maison chaude et riante prêtée par une amie, nous connûmes les heures plus fugitives que des songes, les heures ailées de baisers. Mais Morella voulut devancer cette détresse précoce du matin, à laquelle nul amour n'a échappé. Elle décida, que je la raccompagnerai chez elle avant le lever de l'aurore.

Comme par prudence elle avait refusé mon auto, nous retrouvâmes dans le fiacre notre cocher endormi qui, lent et grognon, réintégra le siège. Cette intolérable odeur de sueur et de bouts de cigarettes qui sature le cahot de ces boîtes roulantes m'affadit le cœur. Morella, son visage encadré d'or en boucles, son parfum, son souffle de lointaine rose, n'arrivait pas à réhabiliter la minute noire, la minute sale, parmi la boue de l'interminable route, longeant la Seine. Je lui en voulais de cet effort, de cette veille, de ce voyage recommencé en la sordide boîte, et j'en avais presque oublié les voluptés si récentes, tant attendues.

Elle restait songeuse.

Je remâchai alors les semaines de mon flirt avec l'Américaine : tantôt elle feignait l'innocence absolue, me dépistant avec des yeux transparents de vierge ; tantôt, elle haussait les épaules, hochait sa jolie tête en or avec le scepticisme des vieilles courtisanes. Quel temps perdu ! J'avais négligé mes travaux, mes distractions ; je m'étais éparpillé en des soirées imbéciles, auprès de tasses de thé et de gâteaux ; je l'avais conduite, reconduite ; j'avais fatigué le facteur de lettres et de télégrammes, je m'étais ruiné en fleurs, j'avais épuisé tous les mensonges du répertoire. Et tout cela pour ces heures brèves et en rafales où — je me souvenais maintenant — elle n'avait eu que gestes faux, cris convenus, se déshabillant avec orgueil, se rhabillant avec adresse. Non, je n'avais eu affaire qu'à une égoïste madrée et sèche, je n'avais pas respiré la rouge fleur de vie que je rêvais.

— Vous ne me dites rien ? Etes-vous malade ? Vous êtes si délicat !... Je n'aurais pas dû vous permettre ces folies...

Une ironie sucrée de tendresse mouillait ces paroles. Je répondis en l'embrassant, car je prévoyais les reparties aigres, le dialogue d'après la possession qui démolissent à coups d'épingle les palais délicats et fragiles de la joie. Autant ne pas profaner ma triste victoire, si compromise par cet obscur matin.

La pluie tomba.

Nous allions par secousses, et chaque tour de roue jetait au visage de la vitre un fard de boue qui coulait. J'apercevais à peine le dodelinement du cheval, dont la tête résignée semblait devoir s'effondrer irrévocablement à chaque pas. Le petit jour laid et terne s'établissait, au delà des toits, sur la Seine. Maintenant, je voyais Morella. Elle avait beau emprisonner d'épaisse voilette ses joues, que mes lèvres épousèrent. Elle ne résistait pas à cette lutte avec le jour naissant : elle était cruellement flétrie, abîmée par des ivresses impartagées, plus défigurée que les véritables amoureuses. Jamais je ne l'aurais crue aussi incapable de se défendre. C'est qu'au fond elle détestait le don de soi, n'aimait qu'elle-même, les succès mondains, les froides satisfactions d'amour-propre. Là, elle vivait fortement, doublement, ne se fanait pas aux lustres, à l'atmosphère brûlante, à la duperie des fêtes. Elle était créée pour une hypercivilisation selon son pays natal, où l'on trafique, où l'on se distrait effrénément, où l'on ne trouve plus le temps de l'amour, qui, lorsqu'il s'impose, s'identifie à un travail ingrat et ennuyeux.

Même sa robe, si savante, si chère, ne tenait plus sous la poussière du crépuscule auroral mêlée à la cendre de la pluie. Je la compris dépaysée, inharmonieuse au temps et à mes sincères regards, chiffonnée, confuse, loque de luxe. Aussi quelle étrange idée j'avais eue de tenter l'expérience ! de vouloir, à cette vigne aride, cueillir le ruisselant et savoureux raisin !

Elle fronça les sourcils, inquiète de mon silence, jalouse de ne plus me voir son docile jouet, haineuse de se deviner trahie, malgré la ruse du départ.

— Ah ! me dit-elle encore, avec sa même cruauté, à peine polie, les complaisances que l'on a pour vous ne vous réussissent pas.

Je l'embrassai de nouveau, mais avec effort, presque avec colère.

Le petit jour grandissait, pareil à ma mauvaise humeur, pareil à ma déception. Des ombres çà et là s'espaçaient : escarpes, mendigots, sans doute. Je les étudiai mieux et je reconnus parmi eux des chiffonniers matineux et des balayeurs.

Leurs crocs visitaient les tas vénérables d'ordures, scrutaient les déchets des cuisines et les reliquats de la pensée. Je songeais aux viandes gâtées et aux billets d'amour mis en miettes ; je songeais à mon pauvre cœur, à mes nerfs déchirés, que l'on aurait pu vider aussi près de ces ruisseaux.

J'étouffais de plus en plus dans le fiacre.

Bientôt, je n'y tins plus et, ayant pris l'avis de Morella, je me décidai à laisser tomber de mon côté la mince cloison de verre.

La fièvre de mon front y gagna quelque repos. Je vis là-bas, débouchant à l'extrémité d'un pont, une forme hideuse et repliée : une femme sans doute. Oui, une femme. Sur son dos, une hotte de paille que les averses avaient peinte de noires rigoles. Une aigrette de papiers et d'épluchures se balançait, autre chevelure, au-dessus de la chevelure sale et tordue comme une queue de vache sur un front desséché par les misères, un de ces fronts aux rides bestiales, j'allais dire cosmiques, tant les fatalités semblent y avoir écrit le livre sacré de la colère de Dieu.

Quelle fut ma surprise lorsque ce paquet immonde s'éclaira d'un sourire ! Oui, d'un sourire, comme tout être vivant qui voit venir à sa rencontre le bonheur ! Ce n'était cependant qu'un petit homme, maigre et déluré, qui, vers la vieille au crochet, s'avançait avec son haut balai à la main. Idylle falote entre ce balayeur et cette chiffonnière. Tandis qu'enfin la richesse et la beauté s'endorment, ces deux misères, journellement sans doute, s'accostaient et, parmi les avanies de la saison et de la vie s'offraient un mutuel tribut de consolation et de douceur.

En effet, le petit homme et la sale vieille s'embrassèrent comme on fait au frontispice des romances, car les naturalistes se sont trompés en imaginant brutales les amours d'en-bas. Non : il y a dans les disgraciés une innée mélancolie, une tendresse, une poésie maladroites dont nous pouvons rire, mais belles par l'inconscience et le frisson sincère des élans.

Morella les vit sans doute, car elle s'indigna :

— Pouah ! dit-elle, l'horrible couple ! Et la police permet ça !

Je compris cette fois que je n'avais pas aimé Morella. Elle venait de prononcer une trop abominable parole pour qu'autre chose qu'un illusoire caprice nous eût liés : elle ne ressentait que du dégoût lorsque je me torturais du regret de nous comprendre inférieurs, nous si raffinés, à ces deux parias qui s'étaient embrassés comme des dieux parce qu'ils s'aimaient comme des hommes.

— Regardez, lui répondis-je ; le soleil lui-même vous donne un démenti.

— Oh ! le soleil n'est pas une excuse.

— Il est l'indice du ciel futur, la pitié de Dieu, la justice qui se lève.

Le soleil avait répandu sur les ponts, sur la Seine une délicate robe de rayons. Et, pour dénoncer à notre impuissance d'aimer ce suprême baiser des humbles, il venait d'habiller le couple maudit avec son étoffe de brocart. J'eus l'illusion d'une noce céleste, d'un mariage de féerie où la mendiante et le mendiant, au coup de la baguette d'une invisible et juste fée, deviennent le roi et la reine. Leurs visages, lavés des hontes et des crasses, brillaient d'une santé, d'une force inconnues sous ce hâle de l'aurore. Les crevasses de la famine et de l'affront étaient comblées par cette miséricorde de la lumière ; leurs hardes, raturées par l'usure, fendues par l'effort, étaient reprisées par les doigts du matin avec d'impérissables fils d'un or plus pur que celui des banques, et je crus leur chair havie et malpropre prête à transparaître, éblouissante, à l'égal des corps glorieux dans les tableaux du Dernier Jugement.

— Oh ! m'écriai-je, regardez, regardez ! L'amour et le soleil ont métamorphosé ces misérables en des hôtes du Paradis. Morella, que ne sommes-nous semblables à ces créatures d'abjection ?

Mais Morella eut un sourire qui avait l'irrévocable grâce des épées. Sa belle assurance égoïste la dotait d'une morgue bien plus puissante que mon enthousiasme. Et elle tua mes frêles et lyriques chimères avec le tranchant de sa voix pratique :

— Allons, mon pauvre ami, conclut-elle, je devine que vous êtes de ceux qui préféreront toujours à l'éclat sérieux des pièces d'or les fantasmagories du soleil et à une vie saine et sérieuse les illusions de ce que vous appelez l'amour. Tenez, c'est pénible à dire, mais vous ne serez jamais bon à rien.

... Depuis le matin des haillons lumineux, je ne rencontrai plus que de loin en loin miss Morella, et nous ne bûmes jamais plus de thé ensemble.

XI

La Ruse de Tanit

Vains serments de ne plus m'assoupir en de stériles alliances ! Mon Dieu, que de jours passèrent en lutte oiseuse contre l'entêtement de mon cœur à ne pas vivre unique ! Je savais les amertumes ; j'allais vers elles cependant. Tout, même la douleur, plutôt que l'ennui de la solitude, ce miroir !

Après des années, Vincente déjà lointaine, Morella oubliée, je revois Tanit, la si ténébreuse et si monstrueuse Tanit que je ne puis maudire, car elle était juste comme le châtiment. Je revois la scène de folie, où malgré ses crimes à elle, je me suis trouvé le seul coupable.

Soigneusement et lentement, j'avais fermé

la porte à double tour ; je poussai le verrou, puis, je lançai la clef par la fenêtre. La petite Tanit piétinait au milieu des fleurs, des bibelots, des statuettes et des albums, si peu être humain ! grêle flamme brune enveloppée d'étoffe et cerclée de bracelets :

— Maintenant, expliquons-nous une dernière fois. Tu vas mourir, lui dis-je.

— Ah ! répondit-elle.

Elle ne s'était presque pas retournée ; seules ses prunelles moqueuses agacèrent d'un regard court mes yeux calmes.

— Tu vas mourir dans quelques minutes, répétai-je.

Et je sortis de sa gaîne l'arme brillante ; puis négligemment, jouant de l'index avec la docile gâchette :

— Tanit, tu comprendras vite la nécessité de cet acte brutal, qui va nous rendre, toi inoffensive et moi ridicule. Mais ce n'est qu'un bref moment désagréable à passer. Je me dois d'en finir vite et sûrement, avec une insupportable détresse.

— Me diras-tu pourquoi, d'abord ? demanda-t-elle.

— Certes, et je te l'ai promis. Assieds-toi en cette pose charmante qui fait de toi un long papillon de lumière posé sur une chaise et suis avec quelque attention les suprêmes paroles que tu entendras.

Je savais ma petite Tanit très raisonnable au milieu de ses mensonges et de ses crimes. Elle ne s'emporta point, comme une femme vulgaire, ne s'arracha aucune larme, ne hurla aucun désespoir et, me considérant enfin avec quelque intérêt, s'assit.

— Je ne te rappellerai pas nos premiers embrassements ; tu m'as séduit par l'impalpabilité de ton âme, par la gracilité de ton corps, aussi fugaces qu'une onde claire cueillie entre des doigts entr'ouverts. Tu m'enrageas en une impossible poursuite : je ne t'atteignais jamais, même quand, à te rompre, je te courbais entre mes bras. Je n'obtins jamais de toi une parole sincère, un froncement de sourcil qui ne fût pas ironique, un balbutiement pouvant passer pour jaillir du réel de ton cœur. Je ne t'ai jamais connue.

— Il est vrai, dit-elle.

— Or tu m'as abusé partout et sans cesse.

« J'ai feint de ne point savoir ; t'aimant trop et ne pouvant te retenir, j'acceptais ta logique instabilité. Je me souviens : certain soir d'été, aux débuts de notre liaison, dans les campagnes de Provence, je t'ai vue, aux chauds effluves montant des moissons, rire et chanter et, les cheveux aux brises, te presque abandonner au nouveau venu, à celui que le prestige de n'être pas l'homme de la veille harmonisait aux caprices de tes nerfs. Que de fois j'ai refoulé des larmes sur la grande terrasse rustique où nous dînions parmi le vol lourd des derniers insectes qui vont s'endormir! Comme tes yeux luisaient d'une fantaisie oublieuse de moi! Je te quittais ; au retour, un mot, un sourire me révélaient ta trahison, attisaient encore ma passion absurde. Je savais qu'en ta chambre, jamais solitaire à l'heure du sommeil, des causeries tendres tarissaient ta lampe et creusaient d'un bistre effronté tes joues. Tu m'as appris la duperie des amitiés et la honte pire de serrer des mains qui vous plaignent ; des envies de massacre me séchaient la gorge quand je passais sur un pont ou près d'un abîme aux côtés de mes camarades les plus chers. A Paris, l'innombrable déception s'étendit comme une lèpre rose : les théâtres, les fêtes, les soirées te furent des rendez-vous cruels à mon attachement. J'aurais pu encore supporter tout cela, te supposant inguérissablement dépravée, anéantir mon scrupule et mon orgueil dans l'horrible volupté que tu me sers et où il y a tant de souvenirs ! Mais tu es criminelle. Il y a un an, je tombai malade. La fièvre et le délire tenaillaient ma chair, maigrie autant par tes caresses que par tes faussetés. Au bout de plusieurs mois, je renaquis, lucide enfin, une après-midi d'hiver. Tu étais auprès de mon lit ; un homme aussi : le médecin. Vous causiez à voix basse. Il se rapprocha de toi ; vos main, se lièrent ; tu l'encourageais de ta robe défaites de tes yeux qui appelaient ; lui hésitait, me regardant avec ennui, avec angoisse. Enfin, il ne résista plus ; vous vous êtes approchés tout près de mon haleine contenue ; et ton visage, tourné vers moi, qui ne te voyais que par l'entrebâillement à peine de mes cils, exprima l'atroce joie ; tu mêlais mon agonie à ton ivresse, les savourant toutes deux dans un même péché. Moi, qui t'adore, je voulus me dresser, blasphémant, et te cracher mon reproche ; épuisé, j'esquissai un geste faible... Alors, j'aperçus en toi une telle décision d'accomplir jusqu'au bout ton ignominie que je te compris prête à m'étrangler si je m'éveillais tout à coup !...

— Tu n'exagères pas, dit Tanit.

— Tout ceci est peu cependant. J'ai découvert qu'il ne te suffisait pas de m'avilir et de t'avilir normalement. Tes amies, je les ai tôt soupçonnées de complicités misérables... Mon calvaire de jalousie, je l'ai monté en silence, surprenant un nouvel horizon d'horreur à chaque station. Et je ne pouvais même plus m'enivrer de toi. Lorsque tu me laissais boire ta lèvre, cette lèvre chuchotait une hantise lointaine, ton dialogue avec quelque invisible à qui tu te donnais pendant que je te voulais, toi. Certaines nuits, sous une intolérable oppression je m'élançais loin de toi ; car la certitude, je la touchais que Quelqu'un entre nous était là. Quelqu'un qu'on ne pouvait voir avec des yeux humains, vampire dont la présence impalpable rôdait, victorieuse. Un peu de lumière ne faisait qu'exalter ma terreur.

Roide, quasi insensible, mais avec cette face de grâce et de beauté illuminée d'un intérieur délice, tu me semblais l'amante d'un brucolaque ou d'un incube, la possédée amoureuse d'un acharné et mélancolique démon. Au matin seulement, tu redevenais ma Tanit. Je n'osais t'avouer mon désarroi devant ce miracle ligué contre moi-même avec tes duplicités trop réelles. Tu m'apparus souvent à la fois sacrée et maudite, égale à ces anciennes prêtresses d'Orient meurtries par les étreintes des hommes et des dieux!

— Tu as raconté ce que je sais, et ce qui est exact, dit Tanit.

— Dès lors, j'ai décidé de clore cette ère de chagrin inexorable. J'ai décidé de te tuer.

— Mais pourquoi ne pas me quitter ? répliqua-t-elle, tranquille.

Je me dressai ; ne pouvant maintenir plus longtemps mon allure impassible d'accusateur, je saisis la robe gracieuse, je cassai les agrafes, tordis cette taille, souple comme tout ce qui ment, et, ma bouche contre la sienne, mes yeux dans ses yeux, je criai ma vieille et longue plainte, mon furieux amour, que lui, je ne pouvais pas assassiner.

« C'est que je t'aime quand même, entends-tu ? Quand même ! et à cause de tes affronts, de tes haines, de tes supplices. Je t'aime comme on aime ce que l'on ne peut capter et comprendre : le ciel, la mer, la femme éternelle, le mirage qui se dérobe sans cesse dans le désert de la vie. C'est que tu m'es, invéridique, la seule vérité ; tourmentante, la seule satisfaction ; inattingible, le seul but. C'est que je t'aime jalousement, absurdement, cruellement ; c'est que, aujourd'hui, ma frénésie de toi, exaltée sous le fouet de ton iniquité, préfère ton néant à ton partage. Morte, tu ne seras plus que Tanit, ma Tanit, celle qui, en moi, a dévoré mon âme jusqu'à la devenir. Il faut que tu disparaisses afin que je puisse t'aimer seul... Tu ne seras mienne enfin ! que dans mon homicide mémoire !

La petite flamme brune échappa à la décisive menace. Grandie brusquement, semblable à quelque serpent onduleux qui s'érige, elle répondit :

« J'ai longtemps attendu ce jour et cette heure bénie. Tu m'aimes enfin entièrement. Tu as raison de m'avoir appelée Tanit et, ainsi, de m'avoir assimilée à l'astre nocturne, à la lune, changeante, mais que n'éclipse dans l'ombre charmée aucune lueur. Je suis maintenant fixée dans ton cœur comme le Croissant harmonieux au cœur du ciel. Il faut t'avouer tout. Si j'ai approfondi l'ignominie et le mensonge, c'est pour que, dans cette chute, tu me poursuives, éperdument fidèle. J'étais à toi dès la première minute mais ne te le montrai point, afin de te posséder comme possèdent les pièges. Il y a des mois et des mois que tu m'aurais quittée ainsi qu'un vêtement usé, un livre lu, un bijou ne sachant plus plaire. Ah ! que ne m'as-tu épargné cette rancœur de te décevoir aussi obstinément, afin que tu ne me trompasses point ? Pourquoi ne fus-tu pas un peu moins médiocre que les hommes qui t'entourent ? Pourquoi incapable d'aimer avec simplicité, pourquoi si différent des naïfs et des brutes ? Nous aurions vécu loin de la honte et du désespoir. J'aurais été la fiancée reposante et bonne, toi l'époux diligent et grave ; nous n'aurions pas eu besoin de l'infinie abjection pour devenir le couple radieux.

Je regardai la pet te Tanit : elle me parut immense, elle qui ne tient pas plus de place qu'un oiselet ou qu'un débile lys. Je laissai tomber à mes pieds l'arme saisie dans un accès de rouge vengeance. Tanit n'avait pas eu tort ; la Femme, même criminelle, obéit à une Providence. Et, la tête dans mes mains, je me mis à sangloter sur le vain orgueil, la détresse et la faiblesse irréparables de mon cœur.

XII

L'Aveu désenchanteur

Mais tout cesse, tout s'élude, même le désastre, même la fureur. Comme madame Héligale, comme la Fiancée aux corbeaux, comme Vincente, comme Morella, comme tant d'autres, Tanit disparut.

Je cherchais à m'en distraire ; et parce que je portais sur les traits le reflet de mes naufrages intimes, je plaisais par ce magnétisme discret de la douleur auquel certaines femmes un peu délicates ne résistent pas.

Je nouai donc une intrigue avec une très jeune Irlandaise, d'âme brumeuse, si blonde qu'on eût dit un flot d'écume habité par un pâle soleil. On la surnommait Lalagé, telle cette apparition en les poèmes d'Edgar Poë. Dédaigneuse des flirts, elle passait dans le monde, silencieuse, plus haute que les vulgaires amours, éprise seulement des souffrances autour d'elle, incapable de communier avec les vulgarités de la joie. La première fois qu'elle me rencontra, s'éveillait-elle d'un songe ? elle me regarda de ses yeux de lac tout à coup humains, comme si elle n'avait jamais encore vu une personne vivante... Nous trahîmes l'un vers l'autre notre attrait, dans une serre aux fleurs savantes et maladives comme nos sens ; le parfum de ces pétales de luxe nous fiança, parmi les conversations éparses d'hommes et de femmes, nous faisant cortège, mais à qui nous ne pouvions rester que profondément inconnus.

Je la revis chez elle. Nous causâmes peu ; elle abdiqua de suite sa morgue d'honnête femme ; et, à un de ces mots dont la puissance est infinie sur la miséricorde, car ils ont la noblesse d'être tout illuminés d'anciens désastres, elle ne sut résister à ma détresse entrevue. Apitoyée jusqu'à tomber à mes genoux, elle posa sa tête débilement blonde contre mon cœur.

Combien de minutes s'écoulèrent ?

Je ne sus trouver d'autre excuse, d'autre tentation que ce nom de langueur passionnée : « Lalagé, ma douce Lalagé, Lalagé ! »

Elle demeurait froide comme la mer de son pays battant les récifs. De cette passivité enivrée un étrange bonheur montait, se mélangeant pour moi à l'angoisse de ne posséder qu'une ombre.

Quand elle sortit de cet assoupissement, elle ne prononça ni merci ni reproche ; elle me prit les mains et parla :

— Mon ami, je vous dois l'Aveu irrévélé encore, puisque vous voilà, de par la destinée, mon maître. Jusqu'au jour où je vous ai vu, je n'avais aimé qu'une fois, et bien imparfaitement ! Je venais d'arriver à Paris ; j'avais les nerfs très malades ; mon âme ne savait où reposer ses vagues désirs. Une de mes plus sages amies me conseilla de visiter un médecin en qui elle avait une confiance absolue ; il était surtout un confesseur guérissant par des traitements subtils ; il atteignait les centres dépérissants de notre force vitale. Je me rendis à ces conseils. Quelle émotion j'éprouvai en face d'un tel homme, dans l'austère et laborieux cabinet, seulement meublé de bibliothèques ! Il n'était plus très jeune, ce docteur, mais en lui quelque chose de sans âge, une timidité, une retenue, et aussi une défaillance dans le geste disaient par quels minces liens ce pensif thaumaturge était retenu à la vie. Je dus dégrafer mon corsage, l'enlever même pour qu'il m'auscultât. Il me parut gêné. Je ne sais comment, à force d'approcher son visage de ma poitrine, ses lèvres s'appuyèrent longuement et légèrement sur la chemise au-dessous des seins. Je m'écartai, non pas de pudeur ou de terreur, mais d'étonnement. Alors il tomba à mes pieds et me supplia de lui pardonner. Ses paroles étaient malhabiles et touchantes. Il m'avoua qu'il n'avait pu résister à une subite impulsion et me conjura de ne l'en pas mésestimer. Puis, sa voix s'affermissant, il ajouta : « Ne craignez rien, Madame ; la vie m'a enlevé ses « plus parfaites joies : je ne suis plus capable « que de ce craintif baiser. » Dois-je convenir que j'étais à la merci de cet homme ? L'impression que j'en recevais était comme hypnotique, et il aurait eu de moi ce qu'il eût exigé... Cependant il me laissa me rhabiller avec lenteur. En silence je sortis.

« Souvent, depuis, je repensai à lui, et toujours avec cette intérieure certitude que, lui aussi, pensait à moi. Un soir de l'an passé, je traversai sa rue : je ne sus réfréner mon envie de le revoir. Je montais déjà son escalier lorsque la concierge m'arrêta : « Si Ma-« dame va chez M. le docteur, je l'avertis que « M. le docteur ne reçoit pas : il est mou-« rant. » Balbutier quelques paroles de regret fut tout ce que me permit ma gorge, étranglée d'angoisse. Rentrée chez moi, je ne dormis pas de la nuit, tant je pleurais ! Il me semblait que cet homme me demandait, m'appelait, que j'avais eu tort de ne pas braver la consigne. Le lendemain, dès sept heures, je fis prendre de ses nouvelles... Il était mort... »

Lalagé avait posé de nouveau contre mon cœur sa joue, si livide qu'elle se détachait faiblement dans la ténèbre. Alors je savourai cet inexprimable malaise qui suit les affronts.

Une honte m'oppressait d'être inférieur, moi plus viril, à cet homme qui se contenta, pour rester inoubliable, de baiser une chemise frémissante. Ah ! il était plus vivant, ce mort, mille fois plus vivant que ma présence à moi, si réelle, auprès de cette Lalagé qui, n'ayant pas résisté, m'en punissait par ce récit aussi corrodant qu'une brûlure. Je ne répondis pas. L'ambiante nuit était descendue dans son cœur ; je me repentis d'avoir voulu la fin de l'amour par la brutale et courte ivresse de l'amour, je maudis la possession et, après avoir à peine effleuré d'une aile de caresse la chevelure de Lalagé, pareille à un flot d'écume habité par un pâle soleil, je sortis du salon nocturne et n'y retournai jamais et ne revis plus Lalagé...

XIII

La Rédemption du nouveau Faublas

Et tout à coup ma vie changea. Un simple prosaïque billet de deuil m'atteignit. La première amie, peut-être la seule vraiment aimée, Mme Héligale venait de mourir.

Oui, brusquement, comme une fleur se brise, elle venait de mourir, celle par qui seulement j'avais commencé de vivre. Je n'étais enraciné à rien. Ce vent âpre de la mort me faisait vaciller tout entier.

L'idée funèbre occupa mon cerveau ; je méditai l'inutilité de mon existence toute sensuelle et qui méconnut les austères devoirs.

L'hiver s'achevant, les premiers souffles bleus

éclaircirent l'air. Cette année, une série d'ineffables jours épancha le bonheur de renaître aux brins d'herbe, aux tendres feuilles, aux derniers grands nuages, aux nerfs des hommes... J'ouvre ma fenêtre : elle révèle un coin de parc. Des fillettes flagellent les cerceaux et sautent à la corde, des gamins jouent aux soldats, les bonnes à grands tabliers jacassent entre elles, de maigres vieux ataxiques bondissent sur leurs cannes. — L'allégresse baigne les êtres et les choses, excepté moi.

J'écoute en ma ténèbre intime les voix qui rampent au fond d'humides silences.

L'obsession de la mort succède à l'obsession de l'amour.

Elle rôde autour de moi ; s'en distraire, c'est la rencontrer encore. Passants et passantes fixent son image animée. Dans la convulsion des bouches, elle éclate de rire. Elle est aux yeux la perle pénible des larmes ; aux jeunes fronts la ride à peine devinée. — Et sur les faces impassibles, elle apparaît aussi, muette, froide, lisse cette fois, — symbole d'une éternité déserte.

Pourquoi ce présent de l'existence si vite

arraché ? Pourquoi cette vibration brève sur l'éternel néant ? Et une voix me répondait : « La mort, nous ne l'acceptons avec sénérité que si nous avons su vivre la vie avec vaillance, avec efficacité, avec art. La journée, remplie par le travail et la bonté, s'achève heureusement dans la nuit sans rêve. » Mais moi je suis frappé parce que j'ai été oisif et dissolu.

... Ma sensibilité plus délicate ne me sert qu'à me rendre plus inutile encore : j'ai honte en songeant à ceux qui peinent à de durs métiers nécessaires ; je voudrais être un ouvrier, un boulanger ; servir enfin, pétrir du pain, apporter aux affamés de la vie l'excuse de ma jeunesse vaine par un peu de labeur qui soit un bienfait.

Dans un mois je pars avec un ami pour le Haut Laos. Je me ferai là-bas, dans l'Asie française, un avenir large et audacieux. Sur le vieux continent je laisserai les ruines de ma première âme, faible et dispersée.

En attendant je hante les bibliothèques. Pour me guérir de l'obsession du joli fantôme frivole, pour me consoler du départ de la première amie qui, avec elle, a emporté sous la terre mon cœur de jeune homme je fais avec les livres platoniciens le rêve métaphysique de la métempsycose et de la migration des âmes.

XIV

Le consolant Mensonge

La plus grande des trahisons, l'inévitable, l'inguérissable, c'est encore celle qui nous vient du Destin — c'est « la Mort de l'Etre Aimé ».

Les hypothèses de Plotin me consolent de la plus irrévocable déception, celle de voir son amante mourir sans l'avoir suffisamment aimée. Maintenant, il me semble que j'ai été toujours au monde. J'écoute s'éveiller en moi la mémoire très vieille des cellules de mon corps ; et aussi les âmes que j'ai été tourbillonnent autour de moi. Mon esprit et ma chair sont d'accord, pour me crier que, tel que je me constate, je ne suis qu'une très mince parcelle de moi et que j'ai été successivement tout l'univers.

Ah ! j'ai mis de l'infini dans l'amour et je suis maintenant supérieur à la douleur de mal aimer. Certes ce n'est pas la première fois que j'ai rencontré ici-bas Mme Héligale, et lorsque je mourrai, je garderai l'espoir de la retrouver, après quelques siècles, en une nouvelle patrie ; nous nous chérirons semblablement, comme si nous ne nous étions jamais quittés.

. . . .

Plus heureux que les empereurs tout-puissants de la vieille Rome, j'ai vraiment découvert *une nouvelle joie !* Ma maîtresse, sa chevelure passionnée défaite par mes doigts sur son cou, rêvait, il y a quelques mois à peine, les yeux dans mes yeux. Et, sur les confins de ma mémoire mystique, tout à coup ressuscitée par les caresses, je l'aperçois en d'autres villes, parmi des civilisations oubliées, charitable il y a des années et des années comme elle l'a été en cette délicieuse minute ! Je m'explique mon trouble infini, sa fascination éperdue à notre premier contact, car ce n'était pas le premier !... Lorsque nous nous précipitâmes dans nos bras mutuels, nous ne fîmes que reconnaître le parfum de notre chair, l'arome de notre cœur. Nous nous étions aimés autrefois sous l'étendard de sa chevelure, déployée comme hier, sur notre baiser. Nous nous étions pâmés en de semblables enlacements ; elle m'avait souri, elle m'avait bercé, comme elle m'a souri et elle m'a bercé il y a si peu de temps... Et, par l'imagination, je la questionne :

— Mon amie, te souviens-tu — il y a de cela à peine quelques siècles — lorsque nous nous rencontrâmes sur le bleu canal, en la barque frémissante où tu t'accoudais sur des coussins de soie ? Les mimes et les thaumaturges t'entouraient d'hommages. Mais tu me préféras, moi qui n'étais qu'un poète et un jeune homme.

— Il est vrai, me répond-elle. J'avais quitté pour toi un sénateur romain qui m'accordait beaucoup de bijoux et de la considération.

— Comme à présent tu as délaissé ce mari qui cependant ne cessait d'assouvir tes plus coûteux caprices... »

Nos récentes voluptés se raffinent encore.

— Comme tu étais belle, mon amie, ayant dédaigné pour notre étreinte ce fard que tu posais sur tes lèvres et sur tes joues lorsque tu dansais devant des vieillards ! Tu ne voulais pour moi que toi-même et non pas ton simulacre. Ame sincère, tu te donnais, corps loyal.

— Ainsi que maintenant, mon aimé ! Car je m'offre à toi sans les subterfuges des mondaines et avec toute la vérité de ma passion. »

Les départs, les séparations, les deuils même ne seront plus éternels.

Celui qui reste espère la réunion en des vies futures ; les fuites, les fautes, les rancœurs, les abandons ne laissent pas des remords ou des chagrins inexorables. Les charpies de l'avenir et de jadis pansent chaque plaie.

Et ceux qui sont dédaignés, celles que l'on n'aime pas se reportent aux époques lointaines où ils furent sans doute trop volages, où elles furent trop impitoyables.

L'amour vainc enfin la mort, selon la parole de Salomon : « L'amour est plus fort que la mort. » Le tombeau ne sera qu'un exil.

Mais quittons ces sensualités pour de plus nobles songes.

Qui, désormais, s'enivrerait d'orgueil jusqu'à oublier la pitié ? N'a-t-il pas été, ce favorisé des fortunes, un pauvre haillonneux en des jours reculés ? Et celui qui sanglote dans les rues, suppliant du passant la nourriture ou l'obole, se rappellera qu'il fut riche ; l'odeur de ses anciens banquets parfumera son pain bis.

Ce sentiment de fraternité qu'ont prêché tous les messies pourrait s'asseoir solidement dans le cœur des hommes si cette hypothèse des incarnations successives s'imprimait dans les intelligences modernes, lasses de nos religions incomplètes, de nos métaphysiques obscures.

On n'a d'amour et de miséricorde que pour soi-même, hélas ! Je ne pleure des pleurs de ce désolé que si je puis croire que j'ai été ou que je serai ce Désolé.

Je me rappellerai toujours un soir où je dînai en un quartier solitaire avec cette Mme Héligale adorée qui devait me quitter le soir même. Une mélancolie infinie nous envahissait. L'irrévocable se dressait entre nous. Nous nous taisions.

Et un pauvre chien s'approcha d'elle. Il

s'assit sur son séant, la considéra avec une attention étrange ; presque malgré moi, je regardai ses yeux. Ils étaient, ces yeux de bête, remplis de larmes, rayonnant d'une résignation si affligée, d'un tel trouble intelligent que j'eus la sensation de trouver auprès de moi un frère, peut-être déchiré des mêmes douleurs. Qui sait si en d'autres vies, pour cette même femme, dont le départ m'emplissait de deuil, ce chien, alors un homme, ne souffrît point mes rancœurs, ne se voua pas à de semblables sacrifices ? Et cela au point d'en être devenu, à force d'abnégation, cette bête errante, n'ayant plus gardé d'humain que ces gros yeux désespérés...

Comprit-elle ?

Je n'ai jamais osé le lui demander ; d'un élan, elle saisit la tête de la bête et l'embrassa avec folie.

Alors je devins jaloux, jaloux d'une jalousie inexplicable, confuse ; et je fus aussi un peu consolé, car je sentis que je n'étais sans doute pas seul à souffrir de cet amour...

Fontenay-aux-Roses (Seine). — Imp. L. Bellenand

www.ingramcontent.com/pod-product-compliance
Ingram Content Group UK Ltd.
Pitfield, Milton Keynes, MK11 3LW, UK
UKHW012235240726
13966UKWH00003B/1111